把你的名字曬一曬。

張西 著
故事貿易公司創辦人

suncolor 三采文化

作者序

二十三歲，從天真到認真

出書，這兩個字加在一起共有十五劃，我寫了超過十年。儘管現年的我只有輕輕的二十三歲。而在開始回顧這十年的出書前夕，我才深刻感受到這十年裡太多的感謝和收穫。

三月的台灣要進入春天了，下午五點半的天有些昏暗，下著一點點雨，我坐在自己很喜歡的角落，是一間有落地窗的咖啡廳。我點了一塊香蕉蛋糕，和拿鐵。不對，我已經不能再點拿鐵了，醫生說，我不能喝咖啡，那會引起大量的胃酸讓我晚上無法好好入眠。可我還是偷偷地點了，在告訴自己一定要把書稿完成的這天。還好店員不知道這個秘密，不知道我不能喝拿鐵，不知道出書在即的我的興奮。

我不知道「出書」這兩個字對於他人而言是什麼，也許有些人視為夢想，也許有些人覺得不以為意，對我而言，出書，是我對自己的一個期許。而這個世界上關於期許的事情，總有很多複雜的情緒。就像現在，在把書稿完成後的此刻，我幾乎是坐立難安，無法好好地打字，甚至是選不到一首能陪我敲敲鍵盤的歌。

十年，這樣的數字，像是一個通俗的粉飾，可是在我心裡，卻總讓我甘心把自己陷進這樣的時光裡，好好地回想一遍又一遍，尤其在此刻。

十年前，莫約是二〇〇五、二〇〇六年吧，我十三歲，國中一年級。

當時《哈利波特》正紅，奇幻小說如果在古代的文人茶館裡，應該可以稱得上是顯學，網路上有各式各樣的平台、論壇，人們爭先寫著奇幻小說，我也不例外。不知道是不是這樣，才使得我的成績不好。當我和朋友一起走進文具店，買下同一本筆記本，他寫的是上課筆記，我寫的卻是毫無邏輯可言的小說。我甚至曾幻想著，我能不能成為全球最年輕的小說家，我也想像 J.K. 羅琳一樣有一個自己創造出來的故事，我也想要有屬於自己的書。

時代的轉變，常常也會改變一個人對自己的期待與定義。

二〇〇八年，無名小站變成台灣最流行的個人平台，升上高中的我因為國文課時老師的推薦，開始讀簡媜和張愛玲，我的無名小站裡已經幾乎沒有小說的蹤跡，一篇一篇不成調的網誌，向著散文的方式書寫。當時我還是著迷於故事的，但自己寫的卻漸漸不是了。而我仍嚮往著有一本自己的書，寫的故事不一定值錢，但一定都值得我寫。於是一天一天、一年一年，時代的推移累積成一種變遷，卻也篩出了自己的執著。

二〇一一年，臉書取代了無名小站，人們的生活圈好像隨著科技的進步而擴大，卻又像是從現實中限縮到虛擬世界去了。這些日子讓我時常這麼想著，到底是時代造就了我們，還是我們造就了時代。

二〇一五年七月，我收到了一封透過故事貿易公司而找到我的訊息。寄件人是三采出版社的育珊。她說：「我們想找妳聊聊妳的故事貿易公司，還有妳。」

故事貿易公司並不是一間真正的公司，它是二〇一三年底時，我在現在大多人都在使用的社群平台臉書上創立的粉絲專頁，本身並不營利，是我平日裡書寫的窗口。那麼，為什麼會出現這樣的一間公司，為什麼會取這樣的名字呢。坐在三采出版的辦公室裡，育珊與另外兩個專員看著我，我化著不純熟的妝，想要假裝得很鎮定。可是，天啊，我坐在出版社的辦公室裡，我真的坐在出版社的辦公室裡。

儘管故事貿易公司並沒有太轟轟烈烈的開始，只能算是一個我逃跑的方式，我還是好難鎮定。就好像老天爺終於聽見了我的聲音，終於，我離自己的期盼又近了一點。

「最主要的原因有兩個吧，第一個是我想跳脫我原本的寫作內容，我想寫陌生人，可是陌生人平白無故地為什麼要讓我寫呢，於是我想到可以用一份甜點來吸引陌生人，我需要一個平台可以讓我找到陌生人，所以我就創立一個粉絲專頁，開始以一份甜點跟網路上的陌生人交換他們的一個故事。第二個原因是，臉書的出現讓人們的閱讀習慣改變，簡短精煉的文字才容易被接收，可是我不想因此改變我的書寫方式，我仍喜歡寫長長的文章，我不希望被改變，但又怕自己無法堅持下去，而這個專頁的出現，讓我有一個小角落，不只是讓自己安心的書寫，也能督促自己持續創作。」

我用著有些發抖的聲音，和邏輯不大通順的句子，說著故事貿易公司的開始，還有，一切的開始。從奇幻小說，到網誌、散文，再到現在寫的這些像是散文或是任何其他文體的文字，老實說，我到此刻都還是無比驚喜的，這就像是一場很長的夢，只有一天比一天更努力才有辦法不醒來。

「只有一直走在同一條路上，才有辦法走到這條路的終點。」

我突然想起妹妹曾經跟我說過的這句話，忍不住滿身的雞皮疙瘩。如果我在某一個轉角放棄了，如果我在某一個夜晚做了另外一個決定，也許，我就不會是現在的我了。

不知道該如何說明自己此刻的心情，育珊前天寄來了書稿中還需要修改的部分，她在最後面說了一些鼓勵的話，她說，加油，妳的第一個 Baby 就要出生了。寫到這裡，我忍不住熱淚盈眶。也許對於很多人而言，這是一件微不足道的小事，但若當我們那麼清楚自己要走的路，當我們明白這些發生多麼不容易，是我用了多少個日夜，寫了多少年的累積，才有了這樣一個小小的開始，我無法不激動。

「妳可能會走上一條沒有人走過的路，這條路上沒有人帶領、沒有人可以模仿，可是妳要繼續走下去，用妳一開始的信念和熱情，一直走下去。其實這就是我們每個人都要碰到和面對的事，越長大，長大越是自己的事。」

我們在Dremer38的地下室簽約的那一天，育珊這麼對我說。

此刻坐在電腦桌前，我才突然間感覺到自己那麼沉重的步伐，不是因為背著別人的期待，而是要背著比別人還要更相信自己的相信，才有辦法每一步都走地安心踏實。

「當妳走得越來越遠，要記得，妳的努力不是為了討好世界，而是為了做好妳喜歡的事。」那天簽完約，一走出咖啡廳，我打給一個朋友，告訴他我拿到了人生第一張出版合約了，他在電話那頭笑著說了聲恭喜，然後這麼告訴我。

生命最大的禮物就是我們擁有那些愛我們、在乎我們的人，一路上的細細叮嚀，那讓我們在迷惘中儘管亂了方寸，也不至於失去自己。

所以，最後，在此刻心裡鼓譟的最多的情感，是感謝。

謝謝母親的相信、謝謝父親的砥礪，謝謝妹妹們的默默支持，謝謝朋友們的期待，謝謝這些年影響著我的老師們，三年、五年、十年，終於我能像是成功闖關了那樣地笑著告訴你們，謝謝你們累積出了這樣一個我，謝謝所有的我忘了的和記得的一切，讓我有了一個這麼美好的開始。國中畢業的時候一個好朋友曾對我說，我從來沒有停止相信我會在書店裡看見妳寫的書。不知怎麼地，想起他的這句話，眼淚就熱熱的滑下了臉龐，陳宛說，這是感動的眼淚，那表示妳是一個很幸福的人啊。是啊，我是一個如此幸福的人。

所以，再一次謝謝所有的失去和獲得，讓我成了一個自己所喜歡的，幸福的人。

最最後，謝謝三采出版社的育珊、微宣，還有整個行銷和美編小組，妳們是這本書的最大功臣，我是知道的，這本書不是終點，是一個開始，而多麼感謝，這樣的開始是與妳們一起。

幸福會越來越巨大，以平衡未來的日子裡免不了的悲傷吧。謝謝這一路上，偶爾懦弱偶爾勇敢的自己，謝謝妳走到了這裡，不管發生任何事，妳都要一直走下去。

當妳走得越來越遠，
要記得，妳的努力不是為了討好世界，
而是為了做好妳喜歡的事。

目錄 Contents

CH1

以愛為名

謝謝你認出了我

「有些人一轉身就不見了，你卻記得。」

CH2

以夢為錨

現實的反面就是實現

「努力不是為了討好世界，是為了做好喜歡的事。」

CH3

以家為根

當我們老的只剩下彼此

「在生命裡，第一次是經歷，
第二次是回憶，第三次則是忘記。」

CH1

以愛為名
謝謝你認出了我

「有些人一轉身就不見了，你卻記得。」

「我害怕的不是這些故事會被你忘記，
而是怕你忘了，我卻還記得。」
無處可去的回憶，終究在心底封塵成了寂寞。

有多少戀愛，
是心底知道沒那麼愛，
怕沒有人愛，
而將就著不分開。

不存在的情人

這是一天裡房間最美的光景，十一月初下午的四點三十九分。

我們對坐著，聊著不同於以往的愛情。今年已經是網路發達、社交平台四起的二〇一五年了啊，而所謂以往，是沒有 Facebook 和 Line 這些免費而即時通訊軟體的時代裡，只能從看著他的眼睛開始愛起的日子。

他說，他很喜歡收到她的訊息的感覺，還有那些夜深人靜時小框框的熱絡，可是看著她走向自己，總莫名地尷尬，好像多了一層什麼。這不是很詭異嗎，應該是每晚的談話多了網路的距離才對，此刻他遇見的才是真正的她呀。她對他說：「我無法在你在我身邊的時候感覺到你對我的愛，只有在晚上、在書桌上的小框框裡，我才相信你是喜歡我的。」多麼諷刺。我聽了渾身不舒服。

從什麼時候開始，我們對一個人的感覺，會先從數位入手，再從本人的眼睛裡去確認；從什麼時候開始，我們的喜歡，會凌駕著網路先跑出來，再從擁抱時去感受。喜歡原來是這樣的嗎？有太多的人說著這樣的故事，每天每天，聊著聊著，習慣了彼此的存在就在一起了。而在一起後，再去磨合實際見面的尷尬和悸動。

我想起了兩年前的他，我們曖昧著，卻也在曖昧時結束了，他問我：「妳在耍我嗎？我們傳訊息的時候不是都好好的嗎，怎麼一見面，和妳一告白就什麼都結束了。」我無法解釋原因，無法告訴他，我也不知道為什麼，收到你的訊息我會開心地笑出來，但看到你本人，就覺得少了什麼。但本人應該是什麼都沒少才對，甚至也沒了距離啊。

有時候
因為衝動
遇見一些人，
有時候
則因為衝動
失去一些人。

我哭著轉身，他在最後一席話裡說著：「我從沒想過，我竟然會喜歡上一個我連聲音都還聽不習慣的人。」我從此失去他的消息，只在兩年後，莫約一個月前，在捷運上巧遇他，但我選擇擦肩而過，他看著我，我什麼也沒說，只是快步離開。原來我們不過是被網路擺了一道，我不知道如何擁有也不想嘗試這樣的愛情，我無法對不起自己，只能選擇對不起他。

從什麼時候開始，我們習慣了先相愛，再相處。甚至，不是在生活裡相愛，而是在夜半的小框框裡。想起這些，我是很難受的，我皺著眉看向他，忍不住提出我的困惑。

愛上想像中的彼此

我們不是應該越愛越清楚自己的樣子，越明白自己會被什麼樣的本質吸引嗎，怎麼會在這樣的時代裡，我們不是因為本質而相互欣賞，反而越來越是以包裝好的自己在互相吸引，本質變成相愛以後再去發現的事。若發現不是自己喜歡的，便要難受地分開；若發現自己只是沒那麼愛，便將就愛著，久了也就不想花力氣去談分開了。有多少戀愛，是心底知道沒那麼愛，卻怕沒有人愛，而將就著不分開；又有多少戀愛，輸給了想像的落差，卻不甘心自己已經投入了時間和情感，而選擇繼續愛。

多麼可怕，我們先去愛想像中的彼此，再去磨合真實的樣子。而那樣的想像，與以前大大的不同。以前的想像是看著真實的他，想像他的心。現在的想像是看著他的照片、文字和貼圖，想像真實的他。而他的心呢，先愛再說。

於是我們開始困惑，好像以為自己已經把真實的自己交出去了，怎麼還是一無所獲。回過頭才發現不過是在與自己的感受戀愛，而這樣的感受倒映在另一個人的眼睛裡，不想虧欠，不想當壞人，於是為了不對不起別人，而對不起自己。

啊，我們最初愛上的、我們想像出來的他，原來從不存在。

寫到這裡，我還是忍不住地難受。我想起騎了來回近三小時的車程，只為了看我一眼的他，未來當我決定再愛，我還是要繼續如此地真實和炙熱，我相信我也會在想念最強烈的那一刻，奮不顧身到他身邊，只為了看他一眼。那是小框框裡的一百句愛你，都相抵不來的真心。

一個人活在
這個世界上，
是不可能
不曾受傷過，
也不可能
從來沒有
傷害過別人。

世界上的每一個人啊，
都捱得住所有的低潮和寂寞，
他們捱不住的，
是沒有人在乎這些感受。

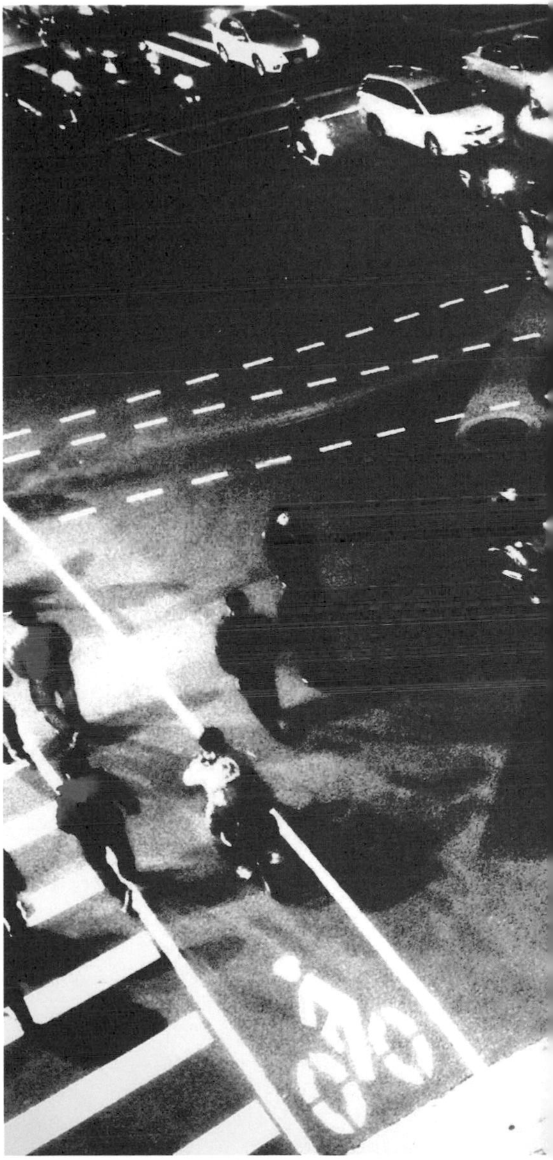

我們各有各的狂妄

你是太遠的路，我是太清澈的河，我們各有各的四季，各有各的漂流與荒涼。我們的天空不一樣藍，我們的土壤不一樣深，我們各有各的狂妄，各有各的牽掛。我們各有各的好。（只是沒有在一起。）

所以，最後，我相信一個人活在這個世界上，是不可能沒有受傷的，也不可能從來沒有去傷害過別人，因為這個世界從來都不是那麼的美好，我相信美好的是我們面對

活在這個世界上，
是不可能沒有受傷的，
也不可能從來沒有傷害過別人。

世界的方式和態度，而不完全是我們發生的這些事情本身。
我們在各自的生活裡迷惘，把對方惦記成一個圈，所有的快樂都在裡面了，而所有的遺憾，要放在外面，才有機會隨風散去。

至少我們未曾愚弄過愛情，
我們都明白當時滿溢的情感並不虛假。

河堤散步

我們習慣了每一次都錯過，
因為沒有人因此把自己葬給愛情。

「如果可以選擇，你希望我們老了以後會是誰先離開人世？」

一般女生應該會問男朋友「如果我和你媽一起掉到河裡，你會先救誰？」這類外表浪漫、實質毫無道理的問題，但不知道為什麼，當時的我卻不想問這些。

「如果可以，我希望妳比我早離開。」

你很平靜，雙眼看著遠方。我還記得你的語氣，充滿堅定。

「該不會是因為『分離太痛苦，所以我希望是由我來承受』這種芭樂的原因吧？」

我輕笑，笑你不懂浪漫。

「這表示我有照顧妳到最後，這樣我才安心。」你看向我，微微皺眉，嘴角卻有著藏不住的笑意，溢出無盡的疼溺。原來是我不懂你的浪漫。

你摸了摸我的頭，傻瓜，你說。

也許我真的不夠聰明，我沒有想到，如果是我先離開，那麼那一天，便是你的末日。

就像是當你先走一步，我也會痛徹心扉，生不如死。

後來，我們都忘了曾經炙熱發生過的後來，我們都款款離開了。

那一年的氣候被埋在深深的谷底，有一個小小的墓碑，上頭沒有名字。我們久久會去看它一次，卻從來沒有相遇，我們習慣了每一次都錯過。

已經到不了
的地方，
不代表
就不想去了。

因為沒有人因此把自己葬給愛情。

因為我們都知道，生命難免有著輕輕的，彼此的胎記。

「他只是離開了，又不是世界末日。」有時候最重和最輕的，都是眼淚。

CH1 以愛為名

謝謝你認出了我

也許世界上唯一的惡夢是我們都走不出來。

太陽

如果我能舉起月亮，
我能照亮你嗎。
我是說，你會發現嗎，
我的耀眼是因為有你的溫柔凝視，
我只是月亮，不會發光的月亮，
而你是太陽。

是你讓我閃閃發亮，
我只是借了你的柔軟。

CH1
以愛為名
謝謝你認出了我

你才是太陽。
是你讓我閃閃發亮。
我只是借了你的柔軟，
因為喜歡你，
所以甘心全心溫熱著你。
你會發現嗎。
你才是太陽。
閃閃發亮又好溫暖的太陽。

CH1

以愛為名
謝謝你認出了我

我們只是想讓對方知道
自己的想念，
說出口，感覺就好多了。

想念週期

昨晚凌晨十二點十八分，她的名字出現在手機螢幕上，我接了起來，直覺這通電話我要毫無保留的溫柔。

「喂……」

「……」

「妳還好嗎？」我說得很輕，她開始大哭。

原來她被誤會了。我這才明白，原來有很多誤會，是來自不一樣的想念週期。

我只是想讓你知道，我很想你

我們會久久一次，很想很想某一個人，於是順手打了通電話給他，或是透過現在興盛的通訊軟體傳了一個簡單的貼圖給他，他不一定會馬上回覆，我們有時候會在意他回覆的速度，有時候不會。我們只是想讓對方知道自己的想念，說出口，或用任何想像的到的其中一種方式表達，感覺就好多了。

也有一種時候，我們覺得應該要得到回覆，發瘋地認為，他應該也要這麼想念自己。我們是朋友啊，如果他沒有在我們可以忍受的時間內回覆，我們會無比失落，莫名地啟動友情鬆動模式，開始發著呆，開始想，這就是長大吧，這就是友情吧，每個人活得越來越精彩、越來越獨立，卻也越來越寂寞，這就是無可避免的疏離吧。

可是，真的是嗎？

有時間
就陪你，
沒時間
就想你。

「我沒有不想她啊，只是我現在真的好累。」她邊哭邊說。

會不會有時候，只是彼此的想念週期不一樣。想念週期會依著每個人獨一的生活步調而不同。

我們想念的時候，對方正為自己的理想努力著；而對方想念的時候，我們正為生活煩惱著。但這並不代表想念不存在，不代表彼此不在意對方，不代表一切可能沒有交集的未來可以這麼輕易否決曾經緊緊重疊的從前。

掛上電話，我的腦海裡閃過好多人的臉，我想起身邊很多朋友。謝謝當我們在這樣的週期裡誤會了彼此幾次以後，在見面時，還是能自在地擁抱，讓這些不重疊的想念對等的沒有白費。

幾分鐘後，手機螢幕浮現她寄來的簡訊：「謝謝妳接了。」

我看了很久，輕輕的笑了。

多年的老朋友，這一句謝謝，我知道不是客套，而是為彼此生活裡淺淺的交集感到飽滿與釋然。

在我們剛剛好不正在想念，卻需要彼此的時候，耳邊的、眼裡的每一句話，都帶著剛剛好的溫度和溫柔。

在我們需要彼此的時候，
每一句話，都帶著剛剛好的溫度和溫柔。

當我們溫柔地對待自己

因為我們都沒有說，
說了，也許就不一樣了。
所以下一次，
我們要學會適時地說心裡話。

昨天，她和我一起躺在我的小單人床上。我們以前是一起躺在雙人床上的，一樣的被單和床套。我們一起做過很多事，連失戀也一起了。

「我突然懂了，愛一個人的全部，不是只單純地愛他的優點和缺點，而是願意去承受擁有他的幸福和失去他的痛苦，願意去體會這些心跳和心碎；我甚至漸漸覺得，愛一個人，是願意誠實面對全部的自己。誠實是需要勇氣的，因為那往往帶點遺憾和疼痛，所以如果我們誠實了，就算心酸酸的，也要給自己鼓勵，因為這樣的我們，好勇敢好勇敢。」

她的眼淚停不下來，我的心灼熱地發著疼，卻沒有半滴眼淚。這是我第一次明白，什麼是痛到哭不出來。是不是我們很愛一個人，卻發現在他的眼睛裡，自己的影子只剩下淺淺輕輕的緬懷，才會有這樣的覺悟，哭不出來，卻痛得全身頻頻發麻。卻還忍不住想問，是不是還有機會呢，還有機會的吧。還有機會的嗎？

她繼續哭著，她說，對，就是這樣，我睡不著，我只要想著他我就睡不著，我好難受，但我不知道誰可以來救我，妳告訴我該怎麼辦才好，我該怎麼辦才好。我牽起她的手，很用力地。現在的她，就像那天的我一樣，疼痛地只剩下流淚的力氣。

喜歡不會失去意義

「嘿，妳有沒有發現一件事。」我問。她沒有說話，只是看著我，我繼續說：「當我們太清楚地發現自己喜歡某一個人，並且那個某一個人也喜歡著自己，我們會習慣

你可以
不想我，
但你不能
禁止我想你。

並享受自己這樣的喜歡，就算有時候難免小心翼翼，但那也只是太害怕失去。然後，然後，等有一天他不喜歡我們了，我們卻還是那麼深刻地喜歡著他，那時候，我們的喜歡好像瞬間就失去了意義。」

她依舊沒有說話。

「但我相信不會沒有意義的。」我說。她把我的手牽得好緊好緊，我知道她的胸口已經灼熱得快要窒息。

「很多人說要把握時間，但我後來發現，把握機會比把握時間更難，尤其是在愛情裡。就算我們都最珍惜那些他們願意親吻我們、擁抱我們的日子，但機會錯過就是錯過了。沒有人能保證是不是再也沒有機會，或是一定有機會，但這一次的錯過，就一定會有事情改變了。」

說著這些話的我，好像也在安慰自己。這是一段很難去釐清的時光，我清楚地明白著，我身旁的她正經歷著與我一樣的感受，然後我們說了一些抱怨的話，像是他們怎麼可以這樣，我們一定要很優雅、很瀟灑地轉身，要讓他們後悔，我們說了很多這些當下說完會覺得好一點，但心裡明白那只是氣話的話。

她說，真的謝謝妳在。我也用一樣的眼睛看著她，還好有她在。儘管我們都正在受著傷，儘管我們看著彼此的眼睛，會忍不住地哭了出來，但謝謝這些時候，有彼此替自己看清，於是讓自己學會看清，也讓自己學會打開耳朵，聽自己的聲音。

我說，很多人是這樣的，我不確定她的他是不是如此，這只是一種我的解釋。有很多人啊，會強迫自己不去想、不去碰，強迫自己去堅持愛某一個人或遠離某一個人，這不一定與道德感有關，只是因為他在另一段感情裡疲乏了、累了。我們都不能去怪他，每個人的疼痛都有自己的解決辦法，儘管我們想了好多好多，甚至是太多太多，可以為他好、可以和他一起生活的樣子，可惜再多的想像都留不住他。

「因為我們都沒有說，說了，也許就不一樣了。」我說：「所以下一次，我們要學會適時地說心裡話。」

她和我很像，我們不是那種很容易可以把自己最心底的感情說出來的人，也不是那種很容易可以愛上一個人的人，所以受傷的時候，是會痛進心裡的，所以想念的時候，

我害怕的不是
這些故事
會被你忘記，
而是怕你忘了，
我卻還記得。

是會受不了，感覺自己快要碎掉的。因為那麼多的不容易，自己卻如此地愛上了、感受了、走向他了。

「都會好起來的。」儘管我也正在好起來的路上。我說。

「我覺得才幾天妳變了好多。」她說。

「因為我想要溫柔地對待自己。」我說：「這樣才不會傷害到自己，甚至不會去傷害到我們不想傷害的人。」

那時的我發現，痛，還是存在，卻可以開始試著，勇敢地繼續生活了。願我們都能成為那樣的女人，為愛付出，為愛勇敢，為愛疼痛，也為愛，願意對自己溫柔的人。

而我指的溫柔不是軟弱，是誠實地想念他，輕輕地想念那些故事，然後在生活的輪轉裡，繼續進步。

輕輕地想念那些故事就好，
然後在生活的輪轉裡，
繼續進步。

最幸運的事

多深刻就多捨不得。

因為遇見你，

是我此生最幸運的事。

我和她勾著手，走過長長的街，捷運的聲音大了又小，小了又大。我說，當時的我就是這樣和他，在這裡大哭又大笑，當時的我就是這樣勾著他，跟他耍賴，而當時的他總是用疼愛的眼神看著我，好像這一輩子，我都不用害怕會失去他，他會一直站在那裡溫柔地看著我。

我跟她說了很多我們的故事，說完之後我卻不再像以前一樣忍不住大哭了。

「因為我知道他改變了。」我說。縱使我不知道這樣的改變是逃避還是進步。但事實就是改變了。

我突然想起自己很久很久以前的日記。

「當你哭泣，他們會說你軟弱；當你勇敢，他們會說你逞強；當你溫柔，他們會說你矯情；當你冷漠，他們會說你不近人情。該怎麼辦呢，你想找到最好的版本的自己，但每一刷每一刷，總會有缺頁，總會有瑕疵。其實我們都不會找到最好的我們吧，沒有最好的我們。我們時時刻刻改變著，明天的想法可能一轉眼就與今天不同了，今天覺得他很體貼，明天可能就覺得他是累贅；今天覺得他很礙眼，明天可能就覺得他其實挺可愛的。我們改變著，別人也改變著，沒有最好的版本，只有當下，只有此刻，你怎麼想，你怎麼做，你吻了誰，你傷了誰。」

原本我以為，最幸運的事情是可以跟自己深愛的人一直把手牽緊著，後來我才明白，最幸運的事，是我們可以在一個人身上發生只有我與他才會發生的心理變化，是在這個人身上看到了與眾不同的風景，那讓自己明白了其實美好的意義不只一種，而

最幸運的事，是我們在他身上學到，收拾失去的能力。

在彼此身上的那一種意義，在分開以後，會轉換成養分而不是逐漸潰爛，會滋養出另一個新的自己而不是讓自己被掏空。

原來最幸運的事，是我們在一個人身上學到收拾失去的能力。

那不一定會讓原本的疼痛舒緩，但會讓自己更願意去處理和面對失去。因為知道，所有的所有，都會換來成長，都會為明天多添上一些改變、一些盼望。

為了愛而一次次進步

「在每一次的戀情結束之後，都應該要進步，這樣每一次的相愛才有意義。」這是我們在一起前，他打動我的話：「如果妳始終沒有進步，一直在一樣的循環裡，要怎麼安心地去愛人呢？」

此刻，我想著這段話，想著我是否真的進步了，他又是否真的進步了。我們在追求進步的時候，是不是真的踏實或安心了，或是我們有一天也會忍不住流於平庸地去煩惱和相愛。我不知道他的心思，但我是明白自己的，在經歷他以後，我要的愛情的樣子，更完整、也更清楚了。也許最後，他用他的轉身，教會了我這句話。

那天，我在日記的最後一行這麼寫著。寫完後，這一切好像不那麼令人害怕了。

「與昨日的遺憾和好，與明日的盼望慢慢相愛、慢慢變老。」

多深刻就多捨不得。因為遇見你是我此生最幸運的事。

也許我們都在
找一種永恆，
希望這一愛下去，
就是唯一。

很多人告訴我，
妳會好起來的，總會好起來的。
但是什麼時候呢？
我在等待著，卻也在害怕著。

迷路日記

愛的最大自由就是毫無限度，
因為有時候
我們也控制不了自己的心。

他曾毫無保留地愛上一個女人，女人的一顰一笑，女人的優雅與失控，都令他發狂地著迷。他不是那種高高壯壯的男人，而是身形纖細，還有一點點駝背，白白的臉蛋，眼角下方有一些些小雀斑，棕色的捲髮，聲音小小的，在女人眼裡，他像是一隻聽話的家犬，可是女人要的，是野馬。他是知道的，可他還是願意相信，溫柔可以收買瘋狂，直到女人吻上了另一位高個子的俊俏男人，他才發現自己出售了青春，買家卻從來不是女人。

於是，他離開了女人住的城市。然後，他遇見了另一個男人。

那個男人個子高高的，和他一樣話不多，皮膚有些黝黑，理著乾淨的平頭，喜歡晨跑。他們變成了朋友，接著，變成了戀人。他們會一起晨跑，然後在街角親吻，接著反方向地回到各自的家，開始新的一天。

那天，女人拖著行李，來到了他的城市，看見他和男人親吻的樣子。他推開了男人，與女人對視著，然後，跑開了。他不敢去問，女人是不是來找他的。當然，女人確實是來找他的。

他對這樣的遇見不可自拔地感到羞赧，卻無從對自己解釋。要說他是因為失戀才愛上他的，這樣的斷論太絕對，我不會採信，他也是。

故事的結局我還沒有決定，如果我真的認識他，我相信他會自己去決定的。

就這樣好好的
消失吧，
別再出現了，
因為你無法
回應我的想念。

愛的最大自由就是毫無限度，因為有時候我們也控制不了自己的心，但也代表了有時候愛的傷害巨大地無法掌握，因為我們控制不了別人的心，堅強或脆弱，是否和自己相同。

寫了一個虛構的小故事，有時候故事是假的，情感卻是真的吧。

「Et c'est parfois trop dur de discerner l'amour.（有時候認清愛情真的好難。）」

Et c'est parfois trop dur de discerner l'amour.
有時候認清愛情真的好難。

分開的樹

我們就像分開的樹，
感情像土壤裡的根，
看不見，但是層層交疊。

蘑菇小姐有著古怪的脾氣，聰明的湯先生偏偏喜歡這樣的她。

結婚那天晚上，兩人約好了只要相擁入睡，安安靜靜的，一覺到天亮。

卸完妝洗好澡的蘑菇小姐，擦了擦茉莉花香的乳液，咕嚕地溜進湯先生懷裡，蘑菇小姐突然有一種想要就這樣把自己種在他身上的感覺，她不要有任何機會跟湯先生分開，一點縫隙都不要。

「你說為什麼不能冠妻姓呢，或是不要冠誰的姓，我們倆何不就用同一個名字，蘑菇湯，你看，多可愛。要不我們倆就用同個名字吧。」蘑菇小姐低喃：「你看，這樣別人一喊，蘑菇湯，我們就會一起回頭，多可愛，多可愛啊。」

「我們是兩個人，怎麼可以用同一個名字呢。」湯先生說。

「可是我們在一起了不是嗎，我們在一起了。」蘑菇小姐反駁。

「我們在一起了，但我們是兩個人。」

「什麼意思，你是什麼意思。」蘑菇小姐推開湯先生，但聰明的湯先生用剛剛好的力量抱著她，讓她不能完全地推開湯先生。蘑菇小姐瞪著湯先生，賭著氣，歪著頭。兩個人啊，兩個人，在她想把自己種在湯先生身上的念頭強烈到差點讓自己的心跳停止時，這幾個字變得好刺耳。

「那我們什麼時候能真正地在一起？我是說，就像草莓醬塗在吐司上那樣，黏黏的，緊密的，塗上去就不可能完全地分開了。我想要我們那樣地在一起。」

湯先生輕輕地親了蘑菇小姐的鼻子。

他就像天空，
而她是雲，
不管往哪裏鑽，
都是他懷裡。

「你親錯地方了！額頭才是最浪漫的地方。」邊說，蘑菇小姐邊再一次咕嚕地溜進湯先生懷裡，熟悉的茉莉花香在湯先生鼻子邊又濃郁了起來。

「親額頭妳就不會自己回來了。」在蘑菇小姐看不到的視角，湯先生笑了笑，偷偷把蘑菇小姐抱得更緊一點。

「如果不能用同一個名字，那你教我，要怎麼樣才能把我種在你身上？」脾氣古怪的蘑菇小姐就是不要跟聰明的湯先生分開。

「傻瓜。」湯先生說。

不要想辦法證明我們在一起

我們原本就是分開的啊，我們是兩個個體，可是不要擔心，我們就像分開的樹，感情就像土壤裡的根，看不見，但是層層交疊，也錯綜複雜，妳很難去想像，我是因為妳的哪一次笑容才決定我要這麼愛下去，給妳不偏不倚的幸福；妳很難去猜到，我的心動是怎麼開始的，太多原因了，感情有太多旁枝末節，從來都解釋不清，所以，我要跟妳在一起，然後用這一輩子去解釋。妳會懂的，我知道妳會懂的。

我們都是分開的樹，不管是情人、親人還是朋友。就像是，妳看，行人道的行人們，看起來都是一個個分開的個體，可是土壤下誰知道誰的眼角偷偷勾起了誰的笑意，又攀上了誰的心頭，這些是看不到的，就像我們在一起，那是看不見的情感，可是我們知道它存在。妳懂的，我們在一起，我們是在一起的。

可是啊，可是，親愛的蘑菇小姐，妳得要知道，妳不可能清楚明白我的每一根支幹觸及到的靈魂，沒有兩棵樹的根是完全交纏，而不與其他的樹遇見、錯過或相識一笑的。這就是人生啊，有著意外的悸動，意外的邂逅，妳不可能完整地了解我的以前，就像我也不能完整地體會妳曾經在他人身上有過的感受，但我們不會因此不喜歡對方，不信任對方。我知道我們不會。

所以，蘑菇小姐，不要去想辦法證明我們在一起，我們已經夠幸運了，妳就在我身邊，我是妳右邊的樹，分開但是在一起的樹。

「妳睡著了嗎？」湯先生挪了挪身體。蘑菇小姐沒有回應。

我們習慣
用很多的秘密
保護自己，
然後再被
很多的秘密
傷害。

「每一份感情都是生命裡的養分，不管後來的結束是狼狽地收拾還是小心翼翼地收藏，我們都會因此越長越高，看到越來越多不同的風景，或是，成為同一片因高度而漸漸改變的風景……」

「嗯，我喜歡……你……」蘑菇小姐閉著眼動了動身體，左手搭上湯先生的右肩。

湯先生知道她是睡著了。

「我也喜歡妳。」他輕輕地親了蘑菇小姐的額頭：「晚安。」湯先生說。

蘑菇小姐有古怪的脾氣，聰明的湯先生就是喜歡這樣的她。

我們都是分開的樹，不管是情人、親人還是朋友。

你不要害怕失眠噢

如果你失眠了，那表示我正在你的夢裡幫你造夢，
好讓你闔上眼的時候，能看見我為你實現的願望，還有我。
你相信嗎？我相信。就當是真的吧。好讓我的天真有個地方可以去。

你相信嗎？我相信。
好讓我的天真有個地方可以去。

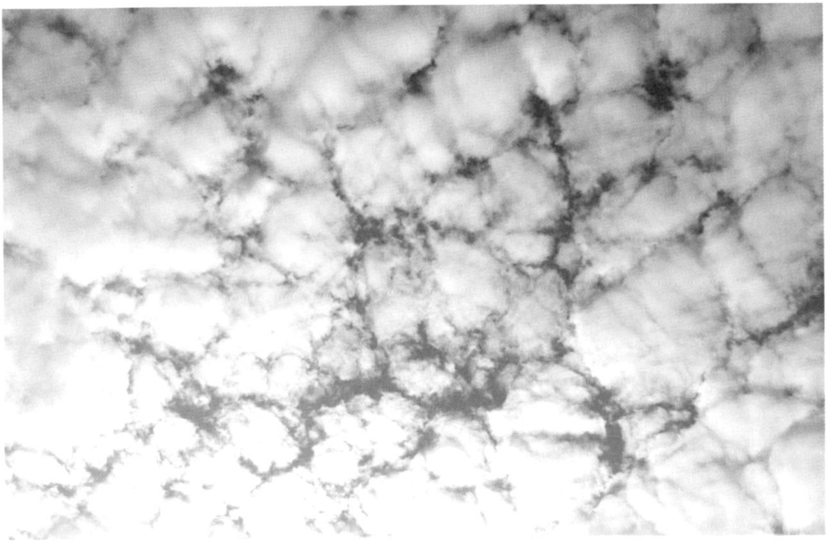

如果你失眠了，
那表示我正在你的夢裡幫你造夢。

會不會你只是去採花了，
在我望著天空
努力忍住不哭的時候，
你會驚喜地出現。

樹洞裡的兔子

從前從前，有一隻住在樹洞裡的兔子，她有著凌亂的樹洞房子。另一隻兔子敲敲她的門，問，我可以進來嗎。不行，我的樹洞很亂，樹洞裡的兔子說。沒關係啊，我可以陪妳整理，樹洞外的兔子說。於是，樹洞裡的兔子打開門，讓樹洞外的兔子進去。

他們一起整理了樹洞，然後玩了一個下午。樹洞又亂了。原本在樹洞裡的兔子說，你可以先到外面等我嗎？我整理好再告訴你。原本在樹洞外的兔子說，我陪妳整理吧。不用啦，我想自己整理，原本在樹洞裡的兔子打開門，把另一隻兔子推出去。

樹洞外的兔子用力地敲了敲門，讓我進去幫妳一起整理啊。不要啦，你等我一下、再等我一下。他們隔著門對話著，然後樹洞外面沒有聲音了。樹洞裡的兔子很緊張，打開樹洞的門，發現樹洞外的兔子累得睡著了。她輕輕地摸了摸他的臉，再等我一下。然後她關起門，回到樹洞裡。這些話太淺太淺，樹洞外的兔子因為太累太累，睡得太深太深，所以始終沒有聽到。

妳好了沒？樹洞裡的兔子繼續整理著，卻沒有聽到這句問候。她以為他繼續沉睡著，但，睡好久了耶。樹洞裡的兔子決定再開門看看。然後，樹洞的外面沒有兔子了。只有一地的落葉和不著邊際的小蟲子。原來秋天來了啊。樹洞裡的兔子突然才發現。原來夏天走了。她好像都還來不及哭呢。

（會不會你只是去採花了，在我望著天空努力忍住不哭的時候，你會驚喜地拍拍我的肩說，嘿，妳出來啦，別哭了，這是給妳的花，我還帶了蛋糕，我知道妳喜歡千層派，我們進去吧。我們進去吧。）

你多等我一下吧

那些路口和街頭，

你不在的時候突然都清楚了。

你的聲音我好像還聽得見。

你多等我一下吧。

你多說些話吧，不要避開我。你多聊些生活吧，不要感到見怪。你住的舊公寓外頭，整面牆都是九重葛，我現在才看到。你的窗簾換了一個顏色，我是在意的，快走到你家的時候，那好像不是你的窗了，我是說，那好像不是我的窗了。生鏽的樓梯把手是褐色的，掉漆的鐵門是淺藍色的，我現在才看到。我好像看不到你在客廳的樣子了，或是你切水果的樣子，還有你把千層蛋糕偷偷放進冰箱的樣子。

我們分手的時候，我得想想是為什麼，但這似乎是想不清楚的事，好像得花一輩子去印證。怎麼會呢，你在心裡越遠就越深刻。那些路和街頭，那些半夜和巷口，你不在的時候突然都變清楚了。你的聲音我好像還聽得見。

你不能也不該更不會等的，等我想好，等我說好或不好。我也不要你等，於是我們都有默契地走了，我猜你也想著，這樣是好的。可是怎麼會呢，當我回過頭，你也回過頭，我們看見了彼此，卻已經錯過。

你以為的
永遠，
到頭來
只是一眨眼。

也許我們都是雲吧

這一路走的很顛簸，
但那麼幸運、
那麼感謝是你。

「我以為天空是最遠的地方，原來你才是。」

從我認識他的時候開始，他總會傳音樂給我，尤其沒有歌詞的音樂，第一首是櫻花什麼什麼的吧，我已經忘了，但我總是開心的，喜歡音樂的他，總有獨特的耳朵。想想，那是好久以前的事了。我們改變以後，再也不相愛了。只是偶爾，在我失戀的時候，他總會傳幾首歌給我。

我突然想起那天我們坐在河堤，他看著我，像是被吸引著，也像是在平靜的凝視中享受著，我們對彼此總有一種吸引力，我是知道的。他的眼神和那年一樣溫柔，我不敢看太久，怕自己會忍不住掉進去。我說，如果二十八歲了沒有人要我怎麼辦。他笑著說，有啊，我要啊。依舊看著我。我沒有說，我要是再多看你一眼，我就會相信。

十六歲的時候，不知道二十三歲的愛情長這個樣子，二十三歲的時候卻還是努力在盼望二十八歲時愛情的樣子。

那晚，他像是忍不住地摸了摸我的頭，那一刻我自然地笑著，然後低下頭，很努力地忍住淚水。每一個人都有一種溫柔，而多麼剛好，你能給的，是我要的，又是多麼可惜，你想給的人，不再是我。

頻率不只包括了溝通、戀愛，還有大至未來目標，小至相識一笑的悸動。我們都曾放棄那樣的悸動，假如沒有人放棄，是不是就沒有如果了。

我們是不是還能沒有如果。我們是不是已經沒有如果。

不知道
一棵樹要
失去多少黃昏，
才能等來
一隻畫眉。

我想起自己在去年的此刻寫下：小時候以為自己與他人的溝通學好了才會過得快樂，因為好人緣讓自己變得有自信、讓生活變得精彩。長大以後才知道，自己與自己的溝通學好了才會快樂，因為來自別人的自信就會在別人眼裡崩塌。以前學著解決自己與他人，現在學著解決自己與自己。

人是不是在失去的時候，會與自己有最多的對話，卻越是偏執，然後惹得一身難以脫離的疼痛。也許遲了一些，就像當年你的到來，就像此刻我的離開，也許遲了一些，但你還是來了，但我還是走了。我們自始至終，都像是遲到的兔子，逃不了被放大又縮小的命運，卻在夢醒時分發現誰也不是愛麗絲，童話依舊收藏在書架上，我們原來只是我和你，不是我們。

不知道要有多大的勇氣才能去相信，原來認命就是承認失去，要有多大的力氣，才能提起受傷的腳步，離開支離破碎的命運。不知道要有多少的相信，多少的懷疑，多少的看不清或認清，才能去坦然地轉身，看似優雅地說一句，這一段又哭又笑的愛情，謝謝有你。

回家的路上，我看著逐漸昏暗的天空，突然想著，也許我們都是雲吧，千變萬化，哭過後會變淺變淡變輕，然後朝著夕陽的方向散去。

「這一路走的很顛簸，但那麼幸運、那麼感謝是你。」

所以我不會忘記那些，所以我會想念你，在你看不見、不知道的時刻裡，我知道這些記憶會溫熱我，儘管故事已經快要失溫，也希望能給我們最後一絲絲力量，再去相愛一場。

然後，好好地飛，好好地活。

「我在想，也許我們都是雲吧，千變萬化，哭過後會變淡變淺變輕，然後朝著夕陽的方向散去。」

我怕失去你
就是失去
我最好的時光。
所以我不喜歡
頻頻地去懷念。

最後一朵花沒有名字

妳終究是別過了他的溫柔，
卻記上他的一席話。

想念不等於相愛，相愛卻注定要相思。

有些時候是這樣的吧，妳會在公車轉彎的路口，想起了某個人的臉孔；會在某一首歌的前奏，想起 Subway 的蜂蜜燕麥麵包；在某一個舒服的溫度，想起他第一次約妳出來的緊張與興奮，想起妳的告白，想起他的失控，想起容不下後悔的轉身。

可是也許妳從來沒有後悔過，只是忘了算計離別也要有的心傷。

「我喜歡妳，喜歡到我會忍不住去想像妳未來的樣子，我是知道的，未來的妳，會比現在更美麗、知性，比現在更自傲，卻也比現在更謙卑。」

「你怎麼知道。」當時的妳挑了挑眉，忍不住的笑意終究只是笑意，增長不成愛意。

「我就是知道。」他說，沉甸甸地看著妳，好像要把妳看穿：「因為妳有一雙清澈的眼睛，眼睛裡面卻住著深邃的靈魂。」

再柔情的告白也抵擋不住懦弱的拒絕，妳終究別過了他的溫柔，卻記上這一席話。

妳還是愛笑的，卻不快樂了

妳帶著他美好的想像，走過無數個枯黃的秋天和漫天塵埃的雨季，然後在某一間花店前，上一首歌與下一首歌之間的空白，突然響起了他的聲音。他的聲音是再也聽不見的，妳卻像是聽得見那樣記憶猶新，可妳明白這就是所謂記憶，模糊或清晰，混亂或清楚，都無須追究，因為在不愛的地方，要不回的從來不是埋怨或抱歉，而是時間。

若你曾好好地
說過一句愛我，
那麼再多的枉然
我都無所謂了。

收不回的，偏偏就是那些狠狠後悔的。

妳的手裡握著藥單，妳已經瘦成一根竹竿，醫生說妳的肝不好、妳的腎結了石、妳的腹部有腫瘤——還不知道是良性或惡性。最重要的是，妳還是愛笑的，卻不快樂了。

妳想起了他說的——我是知道的，未來的妳，會比現在美麗、知性，比現在更自傲，卻也比現在更謙卑。

可是現在妳手裡僅有的，是踩不到地的自卑，還有每週要看診一次的鬧鈴提醒。他曾說過的大好人生，像是透明玻璃牆外的一幅幅掛畫，妳像水族箱裡的金魚，優雅地旋轉，有目的似的漫無目的，等待某一天優雅地死去。

妳一直在想，如果妳遇到他，他會怎麼看妳，或是他再也認不出妳，因為妳始終沒有成為他想像中的樣子。妳不是為了他的期待而活，卻難免地想要成為他期待裡的樣子，因為那樣的讚美，像是只為妳存在。

妳打開手機，終究沒有撥出他的號碼。其實妳想過很多次，打了很多種草稿，想問他一聲，最近好嗎，可是其實妳想說的是，你知道嗎，我過得有多麼不好。

我過得有多麼不好。可那又怎麼樣呢。

妳心底知道自己其實害怕著，害怕他看見妳的不美好。妳給自己很多推辭的理由，其實沒有必要，已經沒有必要。因為這就是突如其來的想念吧，還是會猶豫，還是會拉扯，掛心的卻不再是你還愛不愛我，我還愛不愛你，而是後來的我們，後來的，空白了數不清的彼此，成了什麼樣子。

「他們說，記憶像是一朵朵顏色參差不齊的花，每一朵花都有名字——我愛你、謝謝你、對不起。可是最後一朵花沒有名字，因為妳不知道那是要給他，還是給自己。」

後來的我們，哭成了落瓣的花朵，在土壤裡紮營，像是宿命，長成另外一種姿態。

可是，你在哪裡。可是，我在哪裡。

我想起你的時候，
仍有著悸動；
在最後以後，
我仍相信愛情。

分手：〈紅豆〉

我們努力過，真的努力過。

「欸，我跟妳說，妳會後悔今天沒有送我蛋糕。」你的聲音漸漸開始哽咽：「妳會後悔的。」

「為什麼？」突然間，我的心酸酸的。

你沒有說話。

很多年後我才知道，
你不是要我學會唱這首歌，
而是要我懂這首歌。

於是我忍著從心臟開始一路爬上喉嚨的刺痛感，問你：「是不是，你還是覺得分手比較好？」

「妳也覺得嗎？」你哭的聲音變明顯了。

「嗯。」我的眼淚開始潰堤。

「嗯。」你開始哭，我也是。

我們都努力過，想盡辦法讓感情回溫，可是歲月怎麼微波，都只是直直向前，沒有剎車的一列火車，壓過千心萬苦，壓過千山萬水。

那天我們是怎麼結束電話的我已經忘了。

我只記得你問我，有沒有聽過〈紅豆〉。我說，有啊，王菲的，你說，你更喜歡方大同的版本。說這句話時，我們都已經不哭了，我揉著哭紅的雙眼，枕頭濕了一片。

「還沒跟你牽著手，走過荒蕪的沙丘，可能從此以後，學會珍惜，天長和地久。」

我忍不住唱起這首歌。

你開始跟著我唱：「有時候，有時候，我會相信一切有盡頭，相聚離開，都有時候，沒有甚麼會永垂不朽。」

我們其實是哽咽著唱完的，喉嚨酸酸痛痛的。

「你剛剛跟我合唱了耶。」我故作沒事地笑著，因為你從不開口唱歌的，這是第一次，唱的卻是離別。

「對啊。」你也笑著。

「那我們再唱一次。」我說。認識你兩年多，你第一次開口唱歌。

「不要。」你說。

掛上電話後，你寄了一封簡訊：「好好照顧自己，紅豆等妳唱得很好聽時我再聽。」

我把被子蒙著臉開始哭。我感覺到這一次我們是真的分手了。

我知道你都聽得見

很多年後我才知道，你不是要我真的學會唱這首歌，而是要我真的懂這首歌，懂這些相聚離開，懂這些還沒手牽手走過的荒蕪沙丘，懂愛也不能永垂不朽。

他十八歲生日的時候，我想送他半個蛋糕，就是用很多小小的扇形蛋糕，排成半個送給他，妳一定會想問我為什麼是半個，因為在我十八歲生日的時候，他也送半個給我，這樣我們就是完整的一個圓了，我覺得這是一件很浪漫的事，我們一起長大，因為有彼此而完整。那天我跟他告別後才跟他說的，因為他說他媽媽有買蛋糕，於是我就沒買了，他說我會後悔，可是他並不知道，我後悔的事情還有好多好多，當時的我也不知道，在這麼多年後，我有那麼點慶幸我沒有買，因為要是真的買了，我十八歲生日時等不到那半個蛋糕，會是多麼難割捨的牽掛，還好我沒有買，於是十八歲生日那天他的無聲無息，雖然心痛，卻也正常不過。就這樣結束了，全都結束了，而我終於唱好了這首歌，我知道他都聽的見，我說的不是我的聲音，也不是他的耳朵，是心。

最好的祝福，
是分開後，
不攻擊彼此。

秋天適合想你（不管你想不想我）

某一些想念是發散式的，

越遠越稀薄。

世界上大多數的喜歡是不平衡的，他的感動不是心動，她能給的只剩友情不是愛情，諸如此類。好比秋天。秋天像是一個傾斜的過程，從炙熱到寒冷，緩慢的失衡，但不會太久，不會太多。好比他們的困惑，和那些大多數的喜歡也是。

某一些想念是發散式的，越遠越稀薄——你再也感受不到我了，如同我感受不到你。但我們的呼吸始終順暢。因為愛過之後留下的是遺憾，帶走的是收穫。

「你會在很煩很悶的時候很想念某一個人，但你知道他不會想念你。」
天大地大，怎麼走到哪裡，都還是需要偽裝。
（我不會假裝不想念。你也不會假裝想念。也好。）

你再也感受不到我了，如同我感受不到你。

流失告白

無論再強的感應和連結，
甚至是溫柔和心疼，
也喚不回你。

我記得那年她失去他的時候，生了一場無來由的大病。每天的臉色都不太好，甚至說話也不太篤定。總之是無法好好回應和思考的。

我突然好像明白了那是怎麼樣的一場病，頭劇烈地疼痛，無法好好說話，無法專心。是溫差變化大也好，是情緒起伏不定也罷，總之是像我一年多前那樣的生病了。

不愛後，無需償還的虧欠

那時的他還在，會擔心地跑到我家照顧我，每天都幫我量體溫，問我要吃什麼、想喝什麼。我若想親他，他會把我推開，接著輕輕吻我的額頭，然後說，先欠著，等妳好了一次還給妳。現在想起來，他好單純，好可愛。

在感情裡的虧欠，不愛了之後，永遠無需償還吧，甚至是那一百個擁抱。

我窩在被子裡，找不到一首舒服的歌，也找不到一段能溫熱自己的記憶，現在想起來，一切都太抽象了，時間把每一刻凍結成永恆，又讓每一刻都流失在歲月的盡頭裡。這是找不回的嗎。找不回了吧。

我突然想喝紅豆湯。就像夏天的時候想喝西瓜汁一樣。如果能熱熱的，有幾顆芝麻湯圓就好了，感覺好幸福。我想起他的母親送我的紅豆，因為我要消水腫的紅豆水喜歡自己煮。我後來一直沒有把它們拿來煮，不知道是捨不得還是不敢喝，就像你給的普拿疼，我也捨不得吃。生活裡有太多你的影子，於是我好像也不敢生活了。或是捨不得往前。怕一刻覆蓋一刻，最終你選擇忘記的，我也沒能替我們記著了。

我只剩下
你的名字，
你也只剩下
我的名字。

或是已經不用執著了呢。

在你不再心疼的睡前，微微地發著燒。多希望失去也只是一場感冒，症狀發完了，也就沒事了。

最後一次告白

我想到那一年，我在他消失的時光裡，準備了好多東西，親手作的小書、卡片和書籤，想要對他做最後一次告白，因為知道自己這輩子，可能都沒辦法再這麼炙熱坦白地告訴他自己的情感了。但他一直到最後都沒有出現，所以這些告白始終沒有說出口。而現在，總覺得也要開始準備給你的最後的告白了，但打開抽屜裡的那些密密麻麻的手寫信，我發現自己已經完全沒有力氣。這份感覺，也許再也沒有適當的時機能說出口，那麼也就算了吧，你已經不在乎，讓在乎的我自己，心平氣和地收著就好。

第一次告白需要足夠的勇氣，最後一次的告白也是。可惜我是膽小鬼。選擇愛你，已經用光我所有的勇敢了。所以，不再見了。不再見。

無論再強的感應和連結，甚至是溫柔和心疼，也喚不回你。那麼我們就此別過吧。

愛一個人有多深，傷的時候就有多痛啊。

盡頭

多好，當愛著你的時候，
用盡全力，
當放下你的時候，
沒有埋怨。

我把自己藏在很裡面很裡面，然後再走到很裡面很裡面，想去看看自己好了沒有。

那好像有一扇門，好像又沒有，這條路我好像走過，好像又沒有。我突然很想念他，那個給了我第一次戀愛的他，我很想念那個我為他瘋狂、為他歇斯底里的日子，但我沒有想要回去，就只是在自己的城堡門口，突然想念起遠方的小溪和石頭激起的小水花，大概是這種感覺吧。以前我們栽花，然後呵護，然後學會了凋零。而有些人，學會了採花。他們說，那是一種不需要承擔他是如何變得美好的擁有方式，如果沒有看過花開，他凋零的時候，就不會那麼難過了。是這樣的嗎，我一直很困惑，於是我又走到更裡面更裡面，想去看看自己好了沒有。我其實是知道的，卻又好像不知道。

我不知道我會在裡面找到甚麼，其實我很害怕會看到一整片完好如初的傷口，那會讓我覺得自己的好起來很像一場嘲弄。我發現那裡很暗很暗，我走了很久，沒有傷口，也沒有花，卻有一片原野，和一點點日落的餘光。我沒有在這裡遇到任何人。這裡不會遇到任何人。我一直都知道的，我是沒有帶著期待進來的。我只是想來看看自己好了沒有。

然後我坐了下來，這裡就像有一整季的暖冬足夠我再慢慢看一回自己的荒唐。在最遠的地方，吹來很輕很輕的風，和很淡很淡的他的味道，然後那裡好像已經等我好一些時日了，當我舒服地側躺下來，記憶緩緩地用最模糊的畫面，很溫柔地再走過一次我的眼前。我知道這是最後一次了，這樣的心情，這樣的感受，我無法再說出口，對於這樣一個人，和這樣一段時光，我已經炙熱過了頭。像是時候到了一樣，我自然地閉上眼，把自己抱起來。

我害怕的不是
這些故事
會被你忘記，
而是怕你忘了，
我卻還記得。

我感覺到熱熱的眼角，卻沒有留下任何眼淚。

那一刻我終於明白，遺憾不等於後悔，遺憾是生命裡所相信的事情在毫無預警的情況下被合理地推翻了，那不完全代表我們做錯了什麼、說了什麼天大的謊。越是曲折的故事，藏著越多秘密，秘密的皺褶裡，一片片都是感受，而這些感受，會一點一滴地散成溫熱的轉身，讓我們能帶點狼狽地輕輕揮手，輕輕地說，謝謝你曾經愛過我，謝謝我曾經愛過你，謝謝這一路上，我們用當時能拿出的最真的自己，提起當時能提起的最多的勇敢去相愛，誰也不欠誰，所以，誰也不怨誰，如果難免想念，那一定是不小心而已。就像我們不小心相愛，然後不小心道別。如果看清了此刻鬆了手的執著，其實是毫不相欠換來的平靜，那麼，也許是一種我們在彼此身上留下的獨有溫柔吧。

我們都希望走的時候夠理智

漸漸的，我開始相信，我們如何地對待自己的失去，那些失去就會如何地回應我們，如果當時我做了不一樣的選擇，如果我在界線上選錯了邊，如果我更歇斯底里、更失控，也許現在的我就無法坦然地走進自己的最裡面最裡面，如此平靜地待上一段只有自己的時光，如此平靜地把這看似荒唐的兩個月再想一次，把這一年半的時光再記得深一點，然後讓它們，終於能因此而淺一點。

愛本身就是荒唐的吧。只是我們都驕傲地希望它在來的時候夠瘋狂，走的時候夠理智。可是，怎麼可能呢。

我想到了昨天我問她，我這次失戀和上次有不一樣嗎？她很理所當然的說，有啊。

「妳不再那麼不可理喻的固執，不再無上限地把自己的自尊給出去，不再卑微地非他不可。」我笑了笑，我說，我這次其實都還是有這樣啊，這好像就是我失去時會有的天生的反應，我本來就不是一個太優雅的人。

「可是當妳看到了盡頭，妳知道這條路已經是死路了，妳不會像以前一樣，把自己丟在那個死角裡，那時候妳身邊的人用多大的力氣都沒辦法把妳拉出來。現在的妳變聰明了，知道人生還是要繼續，不能花太多時間停在等待或緬懷那用盡了全力都無法改變的事情上。」

無處可去
的回憶，
終究在心底
封塵
成了寂寞。

我拿著電話，坐在小沙發上，忍不住覺得心變得好輕好輕。謝謝妳，我說。

「妳把妳的愛收回來了。」她說。我只是點點頭，然後露出了我好久好久，沒有露出的笑容。

我知道真正讓自己放下和收回這些炙熱地過份狼狽的情感的原因，是因為我發現，我們都在彼此身上留下了對方的影子，但我們已經用不同的眼光在生活。無論顛簸或順遂、無論停滯或前進。她們說，才兩個月，但你們都變了，你們變了好多好多。我是相信的。這就是人生最荒謬和戲謔的光景了吧。

「很多年後，妳會雲淡風輕地感謝他的溫柔和狠心，因為那讓妳明白了愛的柔軟和尖銳。相愛很像是一種中毒式的信仰，累積了然後破碎，破碎了然後又累積，覺得不會變的還是變了，相信會變的卻好好的不動半點聲色。」

看著昨天在日記裡寫給自己的這段話，我發現我的心真的變輕了。

「妳會在哭最後一次的時候，最聲嘶力竭，因為心底知道，自己再也不會為這個人這麼流淚了。他曾說，很討厭啊，你很遺憾，但你不會停止感謝，因為你真的知道，他帶走的只是他的愛，他留下的，卻是更好的你了。接著，再灑脫地去發現，幸福的時候，累積的能量，讓自己有能力透過悲傷篩出更好的自己，轉個彎，繼續上路。這是多幸運的事。」

「於是我終於可以大聲的說，我不愛你了。連一點點的愛都不剩了，因為我已經認不得此刻的你，就像你記不住曾經的我。我們終究是錯過了。」

所有命運都是一種等價交換

我一直記得姑姑在電話裡的那席話，她說，世界上所有的命運都是一種等價交換，老天爺讓我擁有對我而言很重要的那些文字，就會從我身邊拿走另外一個同等重要的東西。若真是如此，我希望你知道，如果我現在有的這些是用失去你換來的，那麼你曾經是我何其重要和美好的一部分，儘管你忘了，那都是我生命裡的事實。

我想起了那天早上，我寫下的那句話：「世界最溫柔的地方在於，當我們失去了黃昏，它會還你一個清晨。」這樣的清晨，無論有誰在身邊，無論有誰和我一起作夢，

請原諒我
想讓你知道
我想你。
我也會原諒
你的忽視。

都是一種幸運吧，幸好，我們還有清晨，還有能消耗的天光允許自己荒蕪和浪漫。

這就是我的最裡面最裡面吧。當我把手安在心頭，我知道它還是微微地發著熱，但那已經不是愛了，我知道它難免會有些悶，但那已經不是心痛了。

多好，當愛著你的時候，用盡全力，當放下你的時候，沒有埋怨。能感受這樣完整的一回擁有和失去，多好。

多麼感謝，我們在那樣的年華裡相遇和分離。

我們都驕傲地希望愛在來的時候夠瘋狂，
走的時候夠理智。

〈南山南〉

上輩子我們約好了，
這一段不要愛完，
要留到這輩子繼續愛。

〈南山南〉這首歌聽得心一直發疼，卻又無比無比平靜。這幾天重複播了無數次，仍不想停下來。

也許我們對某一個人的愛會那麼深那麼難以自拔，不是因為這輩子愛得太短太捨不得，而是我們終於看穿了，這樣的一段日子，是上輩子還沒愛完而剩下的最後那一段。

上輩子我們約好了，這一段不要愛完，要留到這輩子繼續愛，可我們卻忘了約好，這輩子也不要愛完，我們忘了跟對方拉勾，這輩子也留一點點，給下輩子，好不好。

於是，從此刻看去，在最遠的地方立有刻著「我們」的墓碑，紀念上輩子的遺忘，成了這輩子的遺憾。而下輩子，也許不會再遇到了，那麼就等吧，等某一天、某一刻、在某一個山谷裡，唱起這樣一首歌，有你的回音。

然後，我們一起在那裡唱完這首歌，就從此分別。我們都悲傷地想哭，卻又平靜地，有默契地約好了這一次分別，不許掉眼淚。於是，我們一起唱了無數無數次，唱到嗓子都啞了，啞得說不出最後一聲，再見。

她說，沒想到，該來的都提早來了。她的語氣很輕卻很深沈。原來她都是知道的。其實，我們都是知道的吧，只是從不願意去承認。我們一波一波地平息，一波一波地離開，再一波一波地遇見，一波一波地篩出了彼此。然後，漫山的細雨，也就這樣慢慢的，濕透了這輩子所有的溫柔。

若你忘了，
別擔心，
我也會忘了。
遺忘會變成
一件簡單的事。

如果我是一隻蝸牛

我想要一個自己的殼，
抵禦不了命運沒關係，
至少我能死在自己的殼裡。

如果我是一隻蝸牛，我就能有一個殼，也許無法承載世界的重量，也許不需要太強烈的碰撞，輕輕地從某一個期待裡掉落，我就會摔得粉身碎骨，但至少，我有一個殼。至少，我死也是死在自己的懦弱裡。還是，其實我們都注定會死在自己的懦弱裡。

我突然想起他們跟我說過的，很像的話，他們的掙扎和難處，他們說，不知道從什麼時候開始，擁抱變成傷害的溫床，一次一次，像是往自己的心臟挖，挖得一點也不剩，血肉模糊的關係，儘管曾經浪漫，也改變不了最後蒼白的沉默。

「那時候就是，在一起不快樂，分開了卻痛苦。」

他喝了一口酒，輕輕地跟別人談起這個故事。已經像是，很久很久以前的事了。

有時候，我們把自己最赤裸的那些放上檯面，不是因為勇敢，而是因為脆弱吧，把傷口晾在有你，但你不曾看見的世界，你再也過境不了的地方，那像是我與你的邊界，走近了才發現，那是愛與不愛的邊界，我們習慣把自己看得太偉大，把愛看得太崇高，然後再把自己看得太渺小，把愛看得太殘忍。

但其實所有的形容，都不足以形容你曾經緊緊擁抱過我的那一刻。其實所有的形容，都形容不來此刻看著世界的我，看著他們說難得下著雪的台北，這樣的我，是懦弱的發慌於是平靜，還是其他其他，我也無法細細解釋的那些。當他們說，妳的文字好像把我的感覺說出來，而我好像卻無法在你面前，把我的感受好好地說完。

啊，多希望我是一隻蝸牛，有個能把自己好好藏起來的殼。

他們說的加油，
一百次，
都敵不過一首
感性的歌。

我們能不能用愛養活彼此，不怕餓死

昨天晚上捨不得關掉馬頔的〈南山南〉，於是今天早上起床聽到第一個聲音，就是那句：「南山南，北秋悲，南山有谷堆；南風喃，北海北，北海有墓碑。」

每次聽到這一段，我的腦袋裡就會有好多好多的句子跑出來，於是我在備忘錄裡打了這麼一段：「我能不能在山裡愛你，一輩子都不要出來。用愛養活彼此，不怕餓死。」

有時候是這樣的吧，太過強烈的句子，好像默許了文字變成一把把利刃，往自己身上割，卻又痛得心不甘情不願。說服了自己千百次，這是命運，這是輪迴，這是自己難以抗拒的選擇，於是痛得難以自拔，卻還是忍不住要怨懟幾回。

「我已經無法再溫柔地去想這件事情了，我他馬地會痛就是因為我在可憐自己，不是可憐她、可憐這段關係。」他說這句話的時候，很多人笑了，他也笑了，但我知道在這個故事發生的時候，他是笑不出來的。

所以啊，如果我能變成一隻蝸牛，多好。我想要一個自己的殼，抵禦不了命運沒關係，至少我能死在自己的殼裡，至少我有一個殼，能藏進一些秘密，能藏起一些醜陋，然後當某一種太劇烈的生活，大大地擺盪了我的殼，當我因此從誰的眼光裡，像自懸崖邊一樣的落下，我會明白，那些我的醜陋與不堪，會隨我一同死去。我希望它們能隨我一同死去，如果我能夠藏得夠好的話。

找不到最喜歡的版本，也許就是這個版本了，其實我好想聽宋冬野唱這首歌。

大概就是這樣了吧，很多的故事，想起了很多次，每一次都不一樣，會不會其實我們就是在找一個最好的版本呢。可惜，沒有最好的我們，怎麼會有最好的版本。

所以，所以，我還是好想要當一隻蝸牛，如果我是一隻蝸牛。我一定會慢慢爬、慢慢走、慢慢愛、慢慢想念、慢慢離開，慢慢相信，然後慢慢地，在我所選擇的那座山裡，慢慢死去。

你沒有不見。
你不要不見。
就這樣好不好。

CH1 以愛為名 謝謝你認出了我

我們很年輕，
所以禁得起迷惘，
但我不知道我們禁不禁得起
被時間修了又修的彼此和自己。

〈十年〉

「會不會，只有分開，才能保存你們的愛。」電話那頭，他聽見這句話後，開始哭泣，不到五秒鐘的時間，電話被掛斷了。

我們的通話是這樣開始的，他傳了一條訊息給我：「給妳看一句話：我應該等你，等到那一年，再相愛，然後終老。可惜，我們都太急，相愛的太早。」

愛再深都無法寫進未來

他們的故事是這樣的，男生很優秀，女生也很優秀，分隔遠遠的兩地，每一次見面總需要車程三十三個小時，他們一個月見一次面，每次見面大約一個星期，交往兩年。他說，他們經歷了很多，都認為彼此就是那個人了，可是上大學兩年後，他們所看見的未來漸漸不同了，於是開始有了問題，兩人無法在同一個水平上討論事情。

女生畢業後想要到美國念書，男生畢業後想要直接就業，他們的事業心都很強，所以沒有人願意放下自己的未來，去遷就對方，而他們也不希望彼此這麼做，於是感情僵持了，愛很深，可是再深都無法寫進未來。

「我們在理智的時候，都能冷靜地談分開，但當我們其中一個人敵不過感性，開始說一些以前的事，明知道是歹戲拖棚，另一個人卻還是會心軟。真的，就心軟了。」

他說完這句話，我想起很久以前自己寫的句子：「如果愛和理智一樣重要，當愛大於理智，是該要相信愛還是相信理智？還是愛不能大於理智，因為那就叫做瘋狂。」

如果
這是你要的，
那麼這就
也會是我要的。

但我現在發現，理智大於愛不代表不愛，也不代表不瘋狂，而是迫於無奈。

「說穿了我們就只是愛自己比愛對方多，這是事實，沒有未來，怎麼愛？真的，在一起不是有愛就可以了。」我想像不到他在電話那頭的表情，是冷靜或嚴肅，我真的想像不到。

「那麼就分開吧。」我說：「如果你們都相信，經過時間之後，可以再愛一次，那麼就分開比較好，不要讓無奈消磨了愛，因為消磨到最後，就是無奈變本加厲的傷害，當傷害大於愛，就沒辦法愛了。」

「可是我們才二十歲，會一直、一直、一直改變的，我們還沒定型啊，我很清楚知道，我跟她都還會有很大的變化，我們要是分開，就是真的失去了。怪就怪在我們太年輕，我們太年輕了。」

「那麼就用分開，去保留住最後還沒被消磨完的愛吧。」我說。他開始哭。然後掛上電話。「哭累了就睡吧，沒關係。」我傳了訊息給他。然後我們簡單地道了晚安。

你可以乞討一切，但不要乞討愛

凌晨三點十分，他傳來一篇文章和一個短訊。文章在說幾個女人在聊最浪漫的事，其中一個女人說她與喜歡的男人在某一天晚上打了電話，講了五六個小時，從晚上十點到凌晨四點都沒有睡。其實是有機會睡的，也是想要睡的，但一直到最後，都沒有睡，留在記憶裡的就是那個打得發燙的電話。沒有人捨得睡著。

「忽然想起曾經無數夜晚，我也和她打過這樣的電話，但我現在不能告訴她我愛她。」這讓我想起了我的初戀男友，米奇先生。

我曾經泣不成聲地問他，為什麼，我喜歡你，你也喜歡我，我們兩個卻不能在一起。曾經他因為看了電影，怕我們像電影一樣他會失去我，所以找很爛的理由約我去學校後山散步，但最後我們卻談不了怕不怕失去，那就像是必然會發生的，只能問痛不痛。當然痛，非常痛。

他到最後都狠著心沒有鬆口，我不理解，後來我才明白，有一些愛像酒精，放在心裡燙著自己，但不能說出口，因為說出口後會像沒有意義的白煙揮發不見，那麼寧可

我沒有乞求，
夜色卻
替我乞求，
它要你分一點點
心意給我。

如果你們都相信，
經過時間之後，
可以再愛一次，
那麼就分開比較好，
不要讓無奈消磨了愛。

當傷害大於愛，
就沒有辦法愛了。

把心燙得又累又疼，也要守住那句我愛你。

同時地我想起了另一個朋友，她曾問我：「為什麼我明明感覺得到他還愛我，他卻不再說了？為什麼不肯承認呢，承認了我就會好過一點，我只想要好過一點點，但他只是沉默，他只是沉默，我好痛，真的好痛。」

我抱著幾乎站不穩的她，很想說謊，但我知道不能：「因為他承認了也不能改變現實，承認了你們都只是暫時好過一點，卻又拖了更久一點。他不想要把對妳的愛消磨完，所以他就不說了。我們往往對於知道的事情，一定要從對方口中親口證實才願意相信，像是他不愛妳了。但如果他還是愛妳的，也會希望親耳聽見對方坦承，因為這樣分開的疼痛就可以得到暫時的舒緩，但這樣真的會好一點嗎？妳可以乞討一切，但不要乞討愛。因為愛情裡從來都沒有解答，只有我們怎麼面對。」

關於愛情，在長大了以後，再也不是只有相愛就足以成就幸福。

不知道為什麼，打著這個故事的時候，耳邊響起了陳奕迅的〈十年〉。

在可以相愛的時候，勇敢地愛

在我相信米奇先生就是唯一的時候，後來的男友木子先生也愛著他當時認為的唯一。我們在一樣的時間、不同的空間裡，堅信著愛情。木子先生曾說，他真的以為他會跟前女友結婚，我一點也不避諱地告訴他，我也曾經相信自己會與米奇先生結婚。

可是怎麼說呢，有時候我們會說，我們活在時間裡，所以記憶會遠去，有時候我卻覺得，是時間活在我們這裡，所以會改變相信，改變不相信，改變樂觀或悲觀。

那年我告訴木子先生：「其實我害怕承諾，我也害怕愛，我害怕當我開始相信了以後，有一天會需要勇氣去放手，但我不想把我的勇氣花在放手，我寧願勇敢相信你愛我，還有我愛你。我們能談愛了嗎。這句話我打著打著就哭了。我覺得我們好年輕，所以禁得起迷惘，禁得起夢想被現實修了又修改了又改，但我不知道我們禁不禁得起深深的愛所附加的重重責任，禁不禁得起被時間修了又修改了又改的彼此和自己。不知道為什麼亂糟糟地說了一堆話，謝謝你看到這裡，謝謝你陪我，謝謝你的溫柔和無比好聽的聲音，我覺得自己有很多無解的痛苦，卻也有很多不需要解釋的幸福。」

相愛
從來不是
一種虧欠，
而是
一種追尋。

所以，我們這麼決定了，在可以相愛的時候，勇敢的愛。

如果有一天我也需要用分開去保留我們的愛，不知道我願不願意。

因為這很痛的，相愛就像是在彼此身上找得到一部份的自己，在自己身上也找得到一部分的她，分開後，就只剩下那部份的她了，然後你好像也失去了某部份的自己。

我忽然好想知道，十年之後，我們會在哪裡，變成什麼樣子。

我不想把我的勇氣花在放手，
我寧願勇敢相信你愛我，還有我愛你。

我只是光火城市裡的一盞燈

如果你認得了，
那麼我的耀眼就無需計較，
因為有了你的認得，
我已經是特別的了。

如果想和你走到最遠的地方，我該如何計算自己的步伐，才能四平八穩地和你一起走到那裡。如果想和你走完一條沿海沙灘，想和你只是簡單地踏浪，我是不是就不需要去計算自己的步伐，在下一次相約的時候，我們就可以去了。是不是。

不知道從什麼時候開始，我習慣了反省，反省我和我們，我害怕這是一種戰戰兢兢，一種多愁善感，一種讓人備感壓力的思考，愛情是不是禁不起太理性地進步。該怎麼珍惜才能讓擁有的感情不會消逝，還是消逝是必然的，珍惜只是讓喜歡更加深刻，所以遺憾也是必然的，如果最後和我踏浪的那個人，不是你。

你知道嗎，在你身上我看到的，與他身上的不同。有那麼多次我是如此慶幸，躺在我身邊的人是你，牽著我的手的人是你，當我伸出手能擁抱的那個人，是你。

親愛的，我的喜歡是不是太重了。

我很小心，努力地，不要讓自己那麼喜歡你，可是很難，太難了。

愛情到底是怎麼回事呢。我好想你。還是，這就是愛情。我想你，如此而已。

她的愛情很美滿，一切很自然，卻因為太完整地擁有了而不安，深怕這樣的幸福不夠小心翼翼會消逝得太快，卻又怕患得患失的腳步會跟丟了幸福。

「我只是光火城市裡的一盞燈，如果你認得了，那麼我的耀眼就無需計較，因為有了你的認得，我已經是特別的了。」

我喜歡
在喊你的名字
之前，
你正回頭看我。

體貼

你輕易地看見了
我那麼執著的喜歡，
然後自以為體貼地
用忽略保護了我。

我得多努力，才能在嘈雜的荒蕪的人海裡認出你。

如果你的離開會像暴風雨那樣來襲，那麼請允許我就這麼聾了。悲傷沒有聲音，你的腳步沒有聲音，於是我可以不要去確定你的遠離，於是我可以聽不見你的不捨（假如你有不捨），也聽不見自己的不捨。於是，如此這般的，我可以想像沒有你在的地方，都有你在。

這是最殘忍的想念了吧，知道我想的人，並不想我；知道你沒有心愛的人，但當我站在你面前，你卻笑著說你正在尋找她。原來你要找的人不是我。原來我生來，不是為了被尋找，而是為了找到你，然後確認，你不會愛上我。這是最殘忍的想念了吧。

你永遠不會知道，我得多努力，才能在嘈雜的荒蕪的人海裡認出你。而你卻輕易地，看見了我那麼平凡而執著的喜歡，然後自以為體貼地用忽略，保護了我的偏執。

這該怎麼辦才好，我喜歡的，偏偏是你的體貼。

最好的結局，
也許是我們仍
認得出彼此，
但什麼都
不剩了。

輕輕

當沒有愛以後，
就沒有恨了，
也不會痛了。
你只是記著，輕輕記著。

要在住著兩百六十萬人口的城市裡，遇到一個從不認識，但永遠認得出她的眼睛、她的鼻子、她的嘴巴的人，這樣的機率是多少。

她與朋友約在咖啡廳，聊了一個下午，那很像是與時光交疊的對話，與自己和過去，因為能談的，都是過去的、或相信未來會發生的事，但是能想的，有太多是開不了口的秘密，有太多是不需要開口的獨身感受。

結帳時，服務員指引她到櫃台，她一抬起頭，一眼就認出她。她有一雙漂亮的眼睛和好看的臉蛋，她曾經是校園的風雲人物，很難被忘記。

她從錢包裡拿出了一張五百元大鈔，跟她說了一句：「等等，我有零錢。」一邊說她一邊掏出二十元。而櫃檯裡的她只是等著，然後找了她四百元，粉紅色的紙鈔皺皺的，像是那時候的故事。只要仔細地檢查一次，便知道那鈔票是真的，那些時光也是真的，只是是真的又如何呢，都已經舊了。都已經舊了。

十七歲的賭氣

她不會忘記她的——當年男友在社團裡的緋聞女主角。那些日子她只能安安靜靜，待在教室的座位上，聽著同學們談論，她多麼能幹、多麼聰明又多麼美麗，她是一個如此迷人的女孩，甚至有一個好聽的名字。

「我介紹妳們認識吧，她是我在社團裡的好朋友。」男友當時是社長，那女孩是公關，兩人的親近看起來理所當然，但在她眼裡，多自然都稱不上是理所當然。

妳會好起來的。
好起來，
也像是一種
慢性重生。

「不要。」她說。

十七歲的賭氣，其實沒有那麼複雜，就是她要他心裡只想她一個，她要他知道，對，我就是不喜歡她，我就是不喜歡她。我要你也不喜歡她，你能不能也不喜歡她。

「為什麼？她說想認識妳耶，我覺得妳們可以變成好朋友。」十七歲的男孩也沒那麼複雜，就是不懂得釐清自己心裡是不是喜歡上了其他人，不去確認於是無須過問。

他與她的傳聞越來越沸沸揚揚，她與他的爭執也越來越轟轟烈烈，無從推導起頭與結束，所以也無從甘心解釋與原諒。然後，他們分手了。

「聽說她還會做小蛋糕、織圍巾！她的手做卡片也很厲害！」然後，在那之後，她聽見的，除了他與她之間的曖昧，還有她身上那些她永遠追趕不上的洋洋得意。她也聽說，他們後來並沒有在一起。

她一直都知道，他會記得有哪一線公車會到她家，就像他們在一起的時候，他也會記得哪些公車會到自己家門口。

「他同時喜歡妳們兩個吧。」他的朋友告訴她：「也許連他自己都不知道。」

那天她沒有再說話，只是一個人走回家，經過熟悉的小公園，她用力甩開他的手的那個自己，好像還坐在這個椅子上哭泣，她快速走過，一進家門，用力地把自己推倒在床上，用棉被裹著自己，緊緊地，毫無縫隙地。如果那些感情讓人不能呼吸，那麼她希望自己就這麼哭到窒息。

啊，那是很多年前的事了。她與她只見過一次面，在社團成果發表的排練時，她裝做若無其事地走過，他與她坐在階梯上休息，她說話的時候，那一雙大眼雪亮雪亮地閃著，他專心地看著她。而她的不小心路過，讓這一切，更像極了與她無關。

記得失去也記得擁有

櫃台裡的她沒有認出她，但是她認出她了。

「謝謝。」她接過四百元紙鈔，從容地放進包包裡。轉頭看了朋友一眼：「走吧。」

「嗯。」朋友對她露出一個漂亮的笑容。

如果是幾年前，她會自走出門口後，大肆地告訴朋友她遇見了誰、那一年的故事，盤根錯節的青春是怎麼樣地傾倒、太單純的愛情是怎麼演變成了擦肩而過。

但此時此刻的她沒有。

她搭上公車，再也不是他記得的那線公車，回到他再也不知道的地方，愛著再也與他無關的人。

這就是無所謂了吧，你記得一切，記得失去也記得擁有，你記得她，也記得他，你甚至能一眼就認出那是你回不去的青春，但你可以一個轉身就與那些牽連再無瓜葛。你再也無須向別人提起以示證明那些故事是如何存在，如何地把你傷害。那些你曾經發瘋似地想要確認的他們，你已經不想知道也無不在乎了。那些光景輕得無法組合與重述，任憑你的轉身煙消雲散。

因為當沒有愛以後，就沒有恨了，也不會痛了。你只是記著，輕輕記著。

那些你曾經發瘋似地想要確認的他們，
你已經不想知道也不在乎了。

一樣

妳想讓他在妳心裡
真的淡去，
再打開心門去等待
下一個人。

妳和朋友開心地在吃晚餐，突然手機響了，是他的名字。

妳和他分手五年了，他有了新的女朋友，妳卻從此沒再交過男朋友。朋友總追問妳為什麼不交下一個，朋友說，要找一個新戀情去淡化舊傷，沒有新戀情舊傷是永遠淡不掉的。妳總是笑地淺淺的，然後說，妳想讓他在妳心裡真的淡去，再打開心門去等待下一個，在淡去之前，絕沒有再戀愛的打算。

妳說，妳不想利用任何一個男子去遺忘他給妳的那些，不管是甜蜜或傷害，妳說那對新戀情不公平，妳希望下一個男朋友能擁有全部的、全新的妳，不是一個有著故事懸在心裡等著被淡化的妳。

當他和任何一個異性朋友一樣

妳沒有猶豫，接起了電話，原來是他的朋友想請妳幫忙。妳突然想到，兩個月前妳換了號碼，發了簡訊告知所有通訊錄裡的朋友，通訊錄裡沒有他，但妳熟練地背出他的號碼，把妳的新號碼傳給他。當時的妳想，也許沒有必要，也許就算傳了他也不會真的存起來，可是妳還是傳了，因為妳使用的再也不是他可以隨時背出來的號碼，就像妳再也不是他熟悉的那個樣子了。這像一種宣示，但妳清楚明白不是，妳知道他已經成為那個久久不會連絡的高中同學。

掛上電話，妳才發現，他有存妳的新號碼，這和妳以為的恰恰相反，妳沒想到他會存起來。妳對這樣的發現並沒有任何感覺，就只是發現。

人生很奇妙，
永遠不會知道
陪我們
到最後的是誰。

你們的對話就像認識一陣子的普通朋友，當妳意識到的時候，妳明白了妳終於完全地讓他淡出妳的心口，沒有借助任何新戀情；妳明白了妳的懷念不再是懷念他，而是那些日子；妳明白了他現在就和任何、任何一個妳的異性普通朋友一樣，他不再特別地讓妳的胸口感覺被撕裂。

妳終於明白，這就是不愛了。

妳毫無悸動地收起手機，繼續和朋友們開心地晚餐。

妳明白了妳的懷念不再是懷念他，
而是那些日子。
妳終於明白，這就是不愛了。

你是我最好的昨天

蘑菇小姐是我認識多年的好朋友，她與湯先生曾交往過一段時間。

他們是一對遠距離戀人，我看過他笑，看過她哭，看過她因為想他而悶在家裡一整天，看過他為了見她搭上了近十個小時的火車，看過他們在深夜捧著電話，把電話講到發燙的樣子。

她說，如果我們的愛已經不在了，我希望至少有些東西能替我證明著，這樣的兩年，我的生命裡，曾有過他這樣一個人。

我們約在她最喜歡的咖啡廳，點了她最喜歡的燻鮭魚碗麵，她第一次點蜜桃洛神花茶，我問她怎麼不點熱可可了，她說，日子都是新的了，習慣再不改，怕要是一念舊起來，就是一個下午了，這樣可不好。我說，可是今天就是來說故事的，要不就陷進去吧，無妨的。她看著我，好像我不懂她心境似地喝了一口熱茶。

「太深刻的記憶，陷進去容易，回過神難啊。」冷冷的天裡，她的口裡吐著白煙，我們的周圍都是洛神花茶的味道。就好像真的都是新的了，在說這些故事時候的口氣，也與那年不同了。

她從她的包包裡拿出一個信封：「吶，這是我那時候寫的日記，給妳個小任務，把他們排序一下。」她的笑容裡總有些嬉鬧。

我皺眉，接過她手上的信封，掂了掂，兩年的重量，其實不太重，但也不太輕。

有人說，有些人對於自己的故事很是矛盾，怕忘記，但也會想忘記，這樣的人會想找個人把這些故事好好地說一次，希望對方好好地替自己記著，自己就可以安心地去忘記了。

打開信封，裡頭附著一張紙，紙的背面有十六個日期，正面有她手寫的字：

這份日記，有些是第一人稱、第二人稱有些又是第三人稱，我有時候會怕離自己的故事太近而回不了神，妳讀起來可能會有些吃力，辛苦妳了。

另外，謝謝妳願意幫我一起記得這個故事，我想當有一天妳忘了，我也忘了，就表示那段回憶終於可以簡單地用「我們相愛過」幾個字帶過，再也沒有其他的怨懟或盼望了。

如果真要說一件關於你的事，
那便是，你一轉身，我的想念就開始。

2014.4.18.

我們都會遇到一個人，他懂我們的可愛，我們的執著和瘋狂。

2014.6.9.

我喜歡我們在自己的生活裡各自忙碌，卻會偷偷挪一點時間想念彼此；我喜歡坐在你的機車後座，聽你說那一天發生的事，聽你說最近的煩惱或一些我不知道的小知識，雖然我不能幫你解決，雖然我有時候聽不懂；我喜歡你安靜地從後面抱著我，讓我靠著你，好像我的飄浮感可以在你身上變得模糊，好像就算我失去全世界，我也不會失去你。

2014.6.28. **星期六早晨**

三分十秒 Jason Mraz 的〈Lucky〉，

大賣場的二十九元素色馬克杯和八十九元淺綠色線條室內拖，
姑姑回國前送的十三點三吋 ASUS 筆記型電腦，
來自八點四十三分的一百二十瓦陽光，
星期六早晨，還差一件事就完美了，十秒就好，你的擁抱。

2014.7.28.

「欸，我這幾天列了好多你要陪我去的地方。」
「妳是說世界七八九大奇觀那種地方嗎？」
「不是，是碧潭、擎天崗、新山夢湖這種的。」
我的世界很小，裝不下太多太大的想要，但絕對想要你陪我。

2014.9.5. **想你的時候，耳邊有你的細細語**

如果此刻我見不著你的人，至少讓我聽聽你的聲音，又如果，此刻我無法聽見你的聲音，至少讓我和你傳傳短訊。如果此刻你無法發短訊給我，如果此刻你讀不到我半夢半醒的隻字片語，至少讓我想念你，至少讓我想念你。

2014.9.21. 你介意嗎

「妳介意嗎？」

「介意什麼？」

「我有些慣用的舊密碼是前女友的生日。」

「不會啊。」

「騙人。」

「真的不會。」

「為什麼？」

「因為如果我要介意你和前女友的一切，那我就介意不完了，她是你過去的一部份，不會因為我的出現那一部份就消失啊。而且，你和她在一起六年，六年耶，你身上一定有很多的好是從她身上累積來的，如果我要介意在你身上關於她的一切，是不是也要介意那些她讓你進步的部份？可是我能擁有現在這樣的你，就是因為你曾經和她在一起。如果說感謝太矯情，那麼真要說的話就是，只要我們的喜歡和立場都很清楚，我就真的真的，真的不介意。」

謝謝我們的不介意，讓我們能明白彼此是如何地成長過來，如何地出現在彼此身邊，靠得越來越近。

2014.10.22. 美好共識之二：我會陪你一起生活

想念已久的軍營裡的湯先生來電。

「也許有些人沒有特別想要做的事，於是遇到喜歡的人、深愛的人就把幫助和鼓勵對方完成夢想當作夢想。但我不是那樣的人。我不會為任何人的夢想完全地犧牲自己，所以我也不允許有人為我的夢想犧牲他的人生。社會漸漸變了，女人再也不需要依附男人而活，男人也不再需要女人為他而活。我們都要有自己想做的、與愛情無關的事。雖然，愛情會因此在生命中佔的比例漸漸變少，我們不再談百分之百的戀愛，不再把生活全部都留給愛情，我們開始擁有完全的自己。我們得學著擁有完整的自己。」

「你知道我最喜歡你的地方是哪裡嗎？」

「是哪裡？」

「因為我們明白這些道理，所以我們在尋找或努力實踐自己想做的事情時，依舊可以奮不顧身地去喜歡彼此。我最喜歡你的這種喜歡，不為我而活，卻毫不保留地想念我。」

「那，妳要等我。」

「我不要。」

「為什麼？」

「我不要等，我要陪。我要陪你。」

他都要睡著了卻不承認，只是一直問我累不累，要睡了嗎。我說是啊要睡了，都躺好了呢。說完了晚安，收到這封只有幾個字的簡訊，我知道他打了很久，已經不習慣使用傳統手機，加上眼睛瞇成一條線半夢半醒的樣子，肯定花了一些力氣才完成。於是我爬起來打開電腦，一直到現在才是真正的，晚安，晚安。

「我們不要等對方變成任何樣子，或是達成任何成就；我們也不要為對方犧牲任何對我們意義重大的夢想或理念，我們只是陪著對方一起生活、前進甚至改變，這樣不失去自己的伴侶。」

2014.10.27.

總在離別時想著何時相遇，在相遇時想著怎麼這樣就要離別了，能不能不要離別。但如果能相遇一百零一次，我願意勇敢離別一百次。

「我好像想念你，要比喜歡你多了。」

2014.11.2. **想念偶爾會太重，但我們要繼續生活**

你問我，你的短褲是不是在我家裡，我才想起來那天整理衣櫃時發現的，你留了一些夏天的衣服在我這，我才想起來，台北已經變涼好一陣子了。

公館在我離開的時候，大約七點吧，飄起雨滴大大顆的小雨。我的傘掉在論文課的教室，你說我們下次一起去買，於是在你說的下次以前，我總是快步走進騎樓，我要的傘還沒有著落。

從公車站的擋風玻璃看出去，台北像是下了一場輕輕的雪。好吧，我覺得只有想你的時候我才有這麼矯情的浪漫，不過雖然矯情，卻是真的很美。

快要開始了呢，我們的第一個冬天。

我想我是變貪心了，我不只要你那麼那麼想我，我也要你知道，我和你一樣，也是這麼這麼的想你。甚至，是你想像不到的那種想。

2014.11.11.

那天我說，我聽到這首歌好想哭。你問了我為什麼，我沒有說，因為我不知道怎麼說。人啊，跟音樂之間，總有一些說不清楚的莫名連結，你會在聽到某一些歌的時候想到某一些事，這些事與歌詞無關，就是旋律，就是旋律讓你想起來而已。

你腦袋裡會有畫面，黑夜，一盞檯燈，凌亂的書桌，舊舊的室內拖，一台筆電，可能還有一些字幕，寫著關於以前的一些零散的形容詞，就只是這樣的畫面，你已經鼻酸得好難受，難受在你想哭卻哭不出來，哭不出來卻還是無止盡地想哭。

你走到我身邊，沒有說任何的話，只是抱抱我。我說，你每不能抱我一次，就欠我一百個擁抱，但當你每抱我一次，你還是欠我一百個擁抱。你問我為什麼。我說，因為我很貪心，我要你欠著不讓你還，這樣就有理由讓你一直抱我。

你走後，我窩在小沙發上，看著窗外很美很美但手機拍不出來的風景，太陽要下山的時候，從小沙發旁的窗戶看出去，天空總是粉紅色的。我傳了訊息告訴你，每到天黑我總會很想你。你很快地回了訊息，你說你也是。你問我，有原因嗎。我說，沒有吧。但其實我知道，沒有原因，是因為我從來沒有去細想自己的感受是為何而來。

天黑以後，大家都回家了，工作告一段落，世界好像翻到了另外一頁，那一頁有一點點皺皺黃黃的，像是一張用了很久的捨不得淘汰的MENU，上面有一些看不清楚卻記得味道的菜色，但從來不需要想辦法去記起有哪些菜色，因為每天的這個時候都是那個味道，是每到黃昏就會有的適合一些經典老歌的樣子，然後，這一天的庸庸碌碌就結束了，在結束這一天的時候，毫無防備地，我無法抵禦地，想念就開始了。

想念就開始了。這首歌重複了二十二次。只因為想念開始了。

2014.12.15.

「那一杯是什麼？」我傳了一張圖給湯先生。他問我。

「一杯很好喝的東西。」我捧著手機。他一定猜不到。

「喔，俄羅斯夏卡爾奶茶。」

我驚訝了一會兒，然後笑了出來，沒想到他猜到了。終於，他在軍營裡的日子破兩百天了。

我們在見不到彼此的日子裡，變得更容易爭吵。以前我寫的，那些關於見不到、遠到不願意花時間爭執的句子，突然變得很模糊。因為沒有擁抱，怎麼能不難熬，如果難熬，怎麼可能沒有爭吵。那無關乎願意或不願意，僅僅是因為太難受，因為太想念，所以忍不住地哽咽。

關於情侶吵架，有很多的說法。我聽過害怕愛情的人，最極致的害怕，是第一次吵架，就分手了，因為不願意去承擔接下來可能（必定）會有的每一次爭執讓心口隱隱發作的刺痛。我也聽過全心全意用力去愛的人，最義無反顧地相信，爭執一百次，也一定會和好一百次。

啊，我突然發現，爭執這件事的本質其實很簡單，就只是我們不一樣——習慣不一樣、想的不一樣、想要的不一樣、期待的不一樣、願意割捨的不一樣、想要從對方身上得到的東西不一樣。

世界上沒有跟我們百分之百完全一樣的人。所以相愛，讓彼此不一樣這件事用一種很溫柔的角度被發現了，那就是爭執。只是我們往往把它視為相愛的障礙，樂觀一點的視為挑戰。我覺得是，也覺得不是，因為那確實會令人心疼，會耗損一些情感，但當我們用另一種眼光面對，那同時也令人成長，也累積了另一些更深厚的情感。

「你看這個路障。」我指著路上的三角錐。

「怎麼了？」湯先生問。

「如果你沒有牽我的手，它對我而言沒有差，我可能看都不會看它。」

「什麼意思？」

「因為我們牽手了，所以我們會注意到它，我們經過它時會小心不要撞到它，這和兩個人在一起很像啊。在談戀愛時會遇到的問題，有些其實原本就存在，只是我們不在戀愛裡的時候不會理會甚至是沒有發現，因為在戀愛裡，我想牽著你，你想照顧我，我們原來隻身前進的生活裡多了一個人，所以我們開始會小心這一路上遇到的狀況，會開始細想未來，然後愛情突然好像就困難重重了，但其實，生活本來就有很多障礙，生活本來就困難重重。」

所以，有意識的爭執其實是很美好的浩劫，因為在爭執時，我們懂得不說傷人的話，懂得表達自己最深的想法，也許淚流滿面，也許全身像被針紮得頻頻喊疼，但每一句話都是有意識的溝通，去浩劫兩個人原本的稜角，去浩劫兩個人原來看不見的高牆，看見原來在世界的另外一邊，自己的另外一種樣子，然後低下頭，會發現有個人正緊緊牽著自己的手，因為他也和你一起，來到世界的這一邊，去學習與新的自己相處，我們因此更了解彼此，甚至更了解自己。而不爭吵，不一定表示了包容，有時候是理智的忍耐，這樣的忍耐卻往往累積了更多不理智的怨懟。

謝謝你理智的一切，謝謝我們都不成熟，可是我們都願意把爭執視為成熟的墊腳石，一起愛得更飽滿，更心安與踏實。當然，很不免俗地，也要謝謝我們的前一個情人，讓現在的我們多了那麼一點體貼與溫柔，去面對每一次爭執。

「我知道你不會因為害怕愛是花火，而閉眼不敢緊握。所以我放下最大的掙扎一心默默守候，你說過的愛我。」

所有的擁有與失去，都成了自己的一部份，於是，一切都值得感謝與紀念。

2015.1.5. 我到台北了，別擔心

昨晚我們一起簡單地整理了你的房間，你說，你一回到家就想我了，因為一打開門就看見整齊的房間，我的臉和聲音都浮現了。

晚上六點五十七分直達台北的統聯加開車，很幸運地沒有遇上塞車，很幸運地我趕上末班捷運，回到一個人的小套房。打開房門，也是整齊的樣子，我想起離開前打掃房間的自己。你說，這裡對你而言是天堂，但我知道有時候我們甘於平凡，只為了愛如此簡單的一回。

我想起我在你的機車後座唱的那首不成調的歌：「我們總是記不得爭執是怎麼開始的，卻總是忘不了爭吵後的傷痕。」

在你的機車後座，我拍了好多照片，你問我，為什麼我的手機拍的照片總是好看的，我笑了笑然後抱緊你，綠燈亮了，路直直的，你看向前方發動油門繼續前進，我把右臉貼在你的左肩上，你的左手輕輕握住我的左手。我一直沒有告訴你，有好的心情，才會看到好看的風景。

一個人躺在雙人床上，抬著腳，打著這些話，我感到平靜。你說，我們都要更努力，我們一定要達成夢想，我捧著手機笑了，我知道很久以後，我們都會不甘於平凡，那不是為了失去對方，是因為擁有彼此所以更有力量。而多麼慶幸在分開以後，我們記得的，不是爭吵後的傷痕，是彼此好的改變，還有要變得更好的意念。

你躺在我身邊，我聽著楊丞琳的《失憶的金魚》。你就要走了。每一次的離別總是忍不住沉默，再忍不住抱著你哭一回。

2015.1.26.

我們總含著很多的愛，也含著很多的對不起；我們總愛的平淡的去遇見，卻愛的濃烈的去離別。我想到了那棵樹，直到天黑了我們才離開的那個小公園，我想到了人潮是人潮，我們還是我們。你牽著我轉身時，我又回頭看了一次那棵樹，然後我想到了火樹銀花四個字。

生命因為愛而熱鬧著，你的一個轉身，一個回眸，甚至一個吻，不需要千百次，便已經成就了我此刻最剛好的花火。

回過頭，我牽緊你的手。你要走了，而我有了新的工作。我突然間明白，人生有很多重要的時刻，必得是要彼此錯過的，沒有任何一個人能參與另一個人的每一個重要時刻，那不代表不在乎，而是生活不允許。我們最多僅能走得有怨無悔，怨的是怎麼那些路，陪你的人陪不到最後，陪到最後的那一個往往不曾參與你的從前，不悔的是活著這一遭，我們認清了生命的寂寞本質，於是走得那麼孤單卻踏實，走的那麼莽撞但驕傲。

躺在床上，整理著今天出遊的照片，那棵樹依舊在那裡。你啊，親愛的你，回家的路上小心。別忘了我也依舊在這裡，熱鬧著你的愛情。

2015.5.7.

很久很久以前，她坐在他的機車後座，沿著濱海公路，他唱著這首張三的歌，安全帽裡她烏黑的長髮凌亂地飛散，太平洋好像就是全世界想像的起點，她看著自己的渺小，偷偷地將右手環上他的腰。

「這是什麼歌？」她問。

他沒有說話，只是繼續哼唱。

她把頭輕輕靠在他的背上，海水的味道在此刻特別迷人。她也跟著清唱起這首歌。這一天好像永遠不會過完那麼長，七月的宜蘭，小溪與牛肉麵，天空與沙灘，她想起他在搭上客運時說，真期待，我們的第一個小旅行。他的眼睛裡有淺淺的笑意，卻是深深的喜歡。他牽緊她的手，她的眼睛笑成兩彎月亮的樣子。

「在忙碌的生活裡，想起那天的我們，心裡特別平靜，好像我所有的幸福都在那裡了，我知道你也記得，你不會帶走，我也不會帶走。我們繼續生活，幸福變成一種態度，而非承諾，那讓我們的忙碌在自我解釋中獲得意義，複雜卻不失親密。我喜歡這樣的你，愛得那樣乾淨，就像你的眼睛。愛得那麼堅定。」

2015.7.2.

他牽著她走在校園裡，他們都知道這是最後一次牽手了，他把她牽得很緊，不是為了不讓她走，而是為了能記住她手裡的溫度，為了能將她的掌紋刻在自己的手心，如果這能讓她永遠在那裡，那麼這一次的道別，也許也有了意義。

她是知道的，在商學院門口，她也把他的手緊緊牽著，然後，放下。他們的新生活都要開始了。她說了聲再見，她不想回過頭，還想再多看他一眼，他也是，他站在那裡，七月的行道樹陪他站成了一幅讓他看起來更憔悴的畫面，她感覺到眼淚浸滿了眼眶，她最後說了聲，再見，然後別過頭，頭也不回地走了。

她說，如果當時我慢一秒別過頭，你就會看見我傾盆的眼淚。還好我沒有，也許你正看著我走遠的背影，我知道你也許不小心哭了，沒有關係的，這就是別離，帶著疼痛和企盼，這就是別離。

他說，我好難想像沒有妳的日子；她說，你的愛真真實實地飽滿了我的生命。

這一天，她不敢去想起他，不敢去向旁人太頻繁地提起他，因為她害怕那些太美好的回憶，會擊潰了她剩下的一點點理性。

「談起感情，我們總是甘願感性大於理性地在一起，然後再理性大於感性地分手。多麼慶幸，在心裡最柔軟的那一塊，曾經因為你而失了荒蕪，曾經因為你，而平靜幸福。」

2015.7.4.

多麼慶幸我們可以這麼平靜地聊著、牽著、愛著，那些波濤不因此消失，都還存在，但我們都默契地不想讓它沖淡了美好，雖然美好的分開比千瘡百孔更捨不得。

謝謝你這麼溫柔地陪我走了這麼一段，我會很想你的。一切順利、平安、富足。

再見。

我是我更好的明天

「欸，妳是不是少給了我什麼啊。」拼湊完她的故事後，我本來準備好要印一份給她了，但我發現她好像少給了我一些東西——他們分開的原因和始末。

「沒有啊，缺了什麼嗎？」她在電話那頭的聲音聽起來非常理所當然。

「妳沒有給我你們為什麼分開的原因，和分開之後的事情。」

「嗯……這個我可能沒有辦法給妳。」

「為什麼？」我皺起眉。

「我當時寫的原因，是我當時感覺到、自己想像的原因，後來我寫的原因，也是用我後來的感覺去想像的原因。」她長長嘆了一口氣：「有時候兩個人分開，順著的是緣分，折騰的是彼此呢。」

她說，我們身上的每一件故事都只會發生一次，但我們卻能在每想起一次的時候都給它們不同的解釋，所以，再多問、多說，又有什麼用呢，以後的想法還是會變的，也許現在覺得的後悔，五年後覺得沒什麼了，也許現在感覺到的委屈，十年後變得萬分感謝了。我追問了好幾次，總要不到一個答案，又或是，這其實沒有答案，所以她才沒有辦法準確地回應我。

「那段時間，我幾乎沒有辦法再寫日記了，所以我沒有寫。」

「可是，到底是發生了什麼呢。」

「我們常常給幸福很大的空間，卻忘了也要給悲傷空間啊。」

「妳……是不是還很在意他？」

「說不在意是騙人的，但說很在意也沒有，總之是不愛了，愛的退一步是在意，在意的退一步是懷念，懷念的退一步是雲淡風輕。這條路我正走著呢。」她說完後，我們只再多聊了幾句便掛上了電話，於是我知道，這輩子我幾乎是問不到答案了。

我把日記排序好後，才發現信封裡還有一張我漏掉的紙，那是一張像書籤一樣的小卡片，上面仍是她手寫的一段話：

很想念一個人的時候，世界會變得很小，思緒會變得很滿，再也看不進細雨和黃昏，腦海裡除了你的耳朵你的眉毛，還有你的眼睛，甚至鼻子邊都是你的味道。世界變得好小，小到我一閉上眼，你就會出現。

也許，她是這樣想的吧，這輩子我們只會單純一次，卻可以愛不只一回。這一次盡全力去愛、去傷、去別離，那麼下一次，至少還記得盡全力的感覺，至少還可以再勇敢愛一次，至少，這一回到最後，都沒有對不起自己。

CH2

以夢為錨

現實的反面就是實現

「努力不是為了討好世界，是為了做好喜歡的事。」

親愛的，妳要迎合的不是世界，
而是妳的快樂，妳的無愧於心，
妳給自己震耳欲聾的掌聲。

你閃閃發亮的眼睛

你閃閃發亮的眼睛，
不是來自別人的、
社會的讚賞或鼓勵，
而是來自你看自己的眼光。

你很努力，為一切。

你有著豐富的社團經驗，團隊合作、專案計劃、行銷企劃，樣樣難不倒你，你很活躍，你以為你所努力的一切也包含了自己，但你忘了自己。你開始不快樂，不想接手機，不想工作，不知道為什麼，你的眼睛再也不閃閃發光。

你說女友離開你，是因為太愛你，她給你百分之兩百的愛，但她發現你承受不起，於是選擇離開。你不為誰痛苦，卻為她痛苦。在愛情裡也是如此的，你忘了自己。

你說你喜歡旅行，一群人的旅行，因為你能藉此看見別人身上的美好，和日常生活之外的美好。我卻希望你試著一個人旅行，因為你能看到自己身上的美好。你擔心自己做不到，你開始害怕寂寞，怕一個人出門，怕沒有人陪，你想找室友，在台北鬧區近十坪的小套房裡，你覺得自己一無所有。於是你又忘了，你還有自己。

曾經我們是需要依附愛情而活的小女生小男生，曾經我們從戀人嘴角上揚的樣子裡看見有跡可循的美滿未來。我們一生可以也需要為很多事情而活，不能只為自己，但不能不為自己。你不能害怕，也不要害怕，孤獨是因為世界太大，大到讓你感覺不到自己，於是你想著原來自己是這般渺小，但是從現在開始，你得開始練習，我們都要練習，練習在浮動的人群和情感裡感受自己的重量。

這並不意味著我們要變成自視甚高的人，或是多成功的人，世界上不存在成功的人，只存在成功的「事件」。好比一個人成功地完成了一件創舉，完成的那一刻這件事就結束了，然後他的生命裡會有下一個階段任務等著他，如果下一個任務他搞砸

我們不能
只為自己，
但不能
不為自己。

了，那麼他就失敗了嗎？並沒有，所以世界上也不存在失敗的人，只是我們在每一個階段裡選擇做了什麼，相信什麼，想要什麼，得到什麼或失去什麼，這些「什麼」串起了所謂生活，所謂人生，或是所謂令人欽羨的態度與理想狀態，如此而已。

所以不要害怕，你要記得，千萬記得，你閃閃發亮的眼睛，不是來自別人的、社會的讚賞或鼓勵，而是來自你看自己的眼光。任何一個人的一百句安慰都比不上你對自己說一聲加油。就像昨晚你寄來的自傳裡，我們一起相信的那件事：我們不可能擅長所有的事情，可是我們可以決定自己面對所有事情的處理方式和態度。

你對生活的態度與掌握生活的方式，就是你的重量。你可以決定自己的重量，但你得先相信自己有重量。每個人都有重量。

好嗎，親愛的，用力地跌倒或尋找，用力地用你閃閃發亮的眼睛去體會和發現，世界和自己的醜陋與美麗。然後你會發現，當你用閃閃發亮的眼睛看著世界，你將無所畏懼，這一切的醜陋與美麗。

當你拿出所有的努力，不需要為一切，但一定要為自己。

任何一個人的一百句安慰
都比不上你對自己說一聲加油。

共事

善良是一副沒有眼睛的武器，
有時候傷害別人，
有時候傷害自己。

敏感有時候痛苦了自己，有時候保護了自己；溫柔有時候是一種假面，有時候是一種暴力。

在宏大的夢想或眼光背後，我們的今天，此時此刻，要挑戰的都是人大於事。因為願望都是人盼的，記憶都是人忘的，目的地是除了勇敢，還要懂得人心才能抵達的。於是解決事情以前，總要先解決人的問題，因為人永遠比事來的複雜。

而善良是一副沒有眼睛的武器，有時候傷害別人，有時候傷害自己。

人啊，若能把自私都往肚子裡去，
也許心就有足夠的空間容納原諒了。

世界與蘋果派

你問不了任何人，
你問到的都是別人的世界，
那麼你到底要與什麼接軌。

今天是你畢業後第二十三天。

你睜開眼，從床上坐起來。終於，你發現自己要與世界接軌了，你措手不及，於是你決定先來定義何謂世界。然後你慌了。

你想打通電話給南部的父親，但你才拿起電話，就告訴自己別打吧，父親總嚷嚷的橘子園他只會再嚷嚷一次，然後跟你談零售，談一年兩穫，談十大建設，談經濟起飛，談他不懂網路，他會說世界變了，變成他不明白的樣子，就別打了，你告訴自己。

於是你想問問在政府部門上班的公務員母親，你的手指在手機螢幕上滑動，在通訊錄裡找著「娘親」的字樣，無數名字快速閃過眼前的那一刻你突然不想打這通電話了。母親的手機還是2G，Nokia 6730，你幫她挑的珍珠白，要問她什麼是世界嗎，母親會說，總之安份守己，總之明哲保身，總之世界太複雜，太黑暗，為你的選擇負責，為你的選擇快樂，做你自己，也做世故的人。

你突然懂了，你已經活得比父母複雜。你想問問身邊較親近的教授，然後你又想，還是別了。

因為你發現，沒有和你一樣的人，每個人的所見所聞所感所信與不信都不相同，他談他的知識與愛情，她談她的學習與家庭，他談他的研究與叛逆，她談她的成功與失去。你發現，世界，只是一個人感性與理性的眼光累積，只是一個人依著過去的種種歸納和望著遠方的種種未知的想像。

所以你問不了任何人，你問到的都是別人的世界，那麼你到底要與什麼接軌。

總之
世界太複雜，
太黑暗，
做你自己，
也做世故的人。

永遠沒有人能精準預測未來

你起身，刷了牙，換上乾淨的衣服。你還是要去問問教授，甚至想找些朋友聊聊。

因為你明白，儘管那是別人的世界，可到你手裡，是你的累積，知識與歷史，不就是這麼傳承的嗎？就算世界會改變，就算永遠沒有人能百分之百精準預測世界未來的樣子，你還是想問：「世界是什麼？」

我突然想起這個故事，突然想吃蘋果派，於是就近在麥當勞買了一個，坐在捷運站打下這個故事。生活繼續，情感繼續，世界就是這樣，每天一步一步的累積與創造吧。

像是，今晚我的世界是蘋果派一樣。

你發現自己要與世界接軌了，你措手不及，然後你慌了。

信任自己

就算結果不如想像，
我們也有能力重新開始，
優雅地過另一種
預期之外的人生。

「我知道妳就算沒有入選，也能把自己的暑假生活安排的很好。」

一個月前，那通越洋電話紮實地安慰了我。

我們太常誤會自己只擁有那些看得見的選擇，尤其在失去那個選擇時；我們太常為了非這條路不可的念頭一股腦兒往前衝，在發現到不了目的地時泣不成聲，然後，從此開始小心翼翼地做選擇，戰戰兢兢地思考著更遠的未來、更深的自己、更不著邊際的慾望，因為那好像才能為選擇鋪陳出一身腳踏實地的安全感。

我們都害怕落得一場空

「我在你未來的規劃裡嗎？」她問他，也問自己。

我們害怕去愛，是因為怕這一愛下去，不是唯一。怕計劃會被打亂，怕一場空，所以決定愛以前總是猶豫不前，總是矛盾困惑。但其實，我們應該要相信自己在任何一個人生規劃被打亂後有重組生活的能力，於是才可以奮不顧身去愛，放膽地去選擇每個階段最想要的生活、感情和自己。因為就算結果不如想像，我們也有能力重新開始，優雅地過另一種預期之外的人生。

歲月的堆疊讓我們翻山越嶺蹣跚地來到愛前，累積在肩上不該是深邃而難解的躊躇，而是溫柔而勇敢的果決，認真的，相信每一個選擇裡的自己，都是最美好的樣子。

我們害怕去愛，是因為怕這一愛下去，不是唯一。

小幸運

我走在自己想走的路上，
我知道自己要往哪裡去。
那裡可能沒有一百萬，
但有別人拿不走的人生。

在書店買了一些東西，備齊了缺了很久的文具用品，書店店員很制式地將發票遞給我，好像這是他最習慣的動作了，他說買五百可以換一張刮刮樂，於是我便拿著發票去另一個櫃台兌換。

那一張刮刮樂很平凡，上面寫著「張張有獎」，最大獎是iPHONE 6s，我想著我的iPHONE 5s已經頻繁當機到練就了我一心的好耐性，多麼希望我可以中獎。我迫不及待邊下樓邊從右邊口袋掏出十元硬幣，還沒走到一樓，我就把那張刮刮樂上銀色的部分刮完——五十元折價卷。雖然是早就料想到的結果，我還是忍不住嘆了一口氣。

大家都是這樣嗎，我身邊每一個購滿五百元的人，有百分之九十九的人都會得到跟我一樣品項的刮刮樂吧。

我們都有別人拿不走的人生

我走過馬路，走近在馬路中間的公車停靠站，回家的公車很快就來了，我揮了揮手，從後門上車，坐在最後面靠窗的位置。我喜歡靠窗的位置，我喜歡當我在流動的時候，默默地看著也在流動的其他人們。公車經過師大夜市的路口，有一群年輕的面孔在等紅綠燈，我看著他們，又納悶了一次，這裡面會有多少人幸運地抽到 iPHONE 6s 呢？

路口有一個捲頭髮戴眼鏡的男生，他沒有跟朋友們打鬧，只是說了幾句話，然後看向遠遠的地方。他在想什麼呢？還是他什麼都沒有想，就只是想在生活裡喘口氣。他會幸運地抽到 iPHONE 6s 嗎？

每件事
當你做的結果
跟別人不一樣，
那就是
你的價值。

我看著他的臉，突然覺得，對他而言，抽到 iPHONE 6s，真的是幸運的嗎？或是說，得到這些品項裡，最大的幸運，可是相對於我們的生活，和百態的人生，這樣的幸運還大嗎？

「我覺得小幸運是刮刮樂刮中了 iPHONE 6s，甚至是刮中一百萬；而大幸運是，我走在自己想走的路上，我知道自己想要什麼，要往哪裡去。那裡可能沒有一百萬，但有別人拿不走的資產——我奮不顧身的努力和堅持到底的天真。」

我將目光從窗外收回來，點開手機銀幕，在備忘錄裡打下了這段話。

是這樣的吧，有很多的幸運被標在獎品上，或是其他各式各樣的贈禮裡，那好像是自己付出（五百元）換來的（五十元折價卷），但有時候我是相信的，付出與得到在大多時候是成等比，雖然有些例外可能不一定，例如付出五百元得到市價兩三萬元的新手機，例如付出了三年五年的情感換得男朋友女朋友的變心劈腿。

有時候我們會把五百元換到兩三萬元的情況描述成小確幸（今天先不談另外一個反比的狀況），老實說，我不喜歡小確幸這個詞，我的意思是，如果每天在盼的都是這些小小的幸運，因而把它稱為小確幸的話，我並不是很喜歡這樣的想法。

因為當我們把每天的注意力放在這些小事上頭，我們是不是就會漸漸地不去思考對我們而言影響更為深遠的大事了呢？這裡所謂的大事不完全指攸關國家、社會的議題，那些大事可能只是每天練習唱歌一小時，持續二十年，仍不放棄自己熱愛的事。

可惜的是我們往往活得越來越「當下」，現在發生的問題現在解決，解決完了之後滑滑手機放放空，而不是利用空檔或睡前給自己時間思考那些重要但不緊急的事，我們漸漸地變成習慣了遇到事情時才打開生活意識（或完全不打開）。

我其實越來越害怕自己一開口後，會開始讓朋友覺得，妳離我們好遠。

人不一定要有遠大的夢想

「我問妳喔，妳覺得每個人都一定要有一件自己喜歡的事，有一定要完成的夢想嗎？」曾經有個朋友這樣問我：「我的夢想不能只是把我每天的生活過好嗎？」

原來我們要努力成為的人，是被某些人討厭著，卻還能活得自在快樂。

我其實越來越害怕自己一開口後，
會開始讓朋友覺得，妳離我們好遠。

如果是以前，我會大聲地告訴他，不，人一定要有遠大的夢想，那是我們活著的動力，我們眼睛閃閃發亮的原因，怎麼可以沒有夢想。但是，還好，當他問我的時候，我已經不再這麼想了。

「我覺得不用。」我看著他，沉默了一會兒，他一臉像是覺得我在騙他，於是我繼續說：「我覺得重點不是在我們有沒有夢想，而是我們有沒有培養自己擁有選擇的權利。如果把每天的生活過好是你的選擇，當你真的做到了，安安穩穩地生活，你不去執行偉大或熱血的事也無所謂啊，因為那是你的選擇。而我選擇堅持我喜歡的事，選擇天真地作夢，選擇嘗試一步一步慢慢實踐。我們的差別不是有夢想跟沒有夢想，而是選擇的不同，僅此而已。」

但是你知道嗎，我們有多幸運，我們處在的家庭背景和環境，讓我們能安然地培養自己選擇的能力，社會上有多少人，無法選擇，對於現實的無奈只有無數無數的不得不。當那些條件相對優渥的人們，喊著我們應該相信善良相信夢想的時候，其實已經是站在多少的幸運之上去揮舞生活的旗幟。

這些話我哽在喉嚨，沒有說出口。

每個角色都有意義

我想起了昨晚與陳宛聊的話題。

「我覺得我們很像是不同世界的人。」她說，我很難過地低下頭。她看了看我，輕輕地把話說完：「我們在做的事情完全不一樣。」

「可是，社會上的每個角色都一定有意義。」我看向她：「妳知道嗎，曾經有一個老師跟我說過，如果我們是念過很多書的學者，因為知識而快樂，我們不能因此覺得這就是一條比較高尚的路，覺得世界上的人們都應該要走上這條路；如果我們是出生貧寒但賺了很多錢的企業家，解決了很多錢才能解決的問題，我們不能因此覺得賺大錢是最重要的事，覺得所有人的問題都可以靠錢解決。」

你知道重點是什麼嗎？我看著陳宛。

重點是，如果我們用對自己有意義的事情，去評議那對別人也有意義，或是用我們看見對別人有意義的事，來比較那是否對自己也有意義，那麼我們就失去了自己的

我們會成為
各式各樣的人，
但都要
無愧於心。

社會角色了。像是，如果我們受了社會刻版印象的影響，覺得車廠的黑手是一份低賤的工作，所有的聰明人都不應該如此選擇，那麼當我們的車子零件壞了需要整修的時候，誰來替我們修車。社會上的每一個角色，有時候不一定是我們能選擇的，所以當我們意識到自己能選擇的時候，也許我們就不該再天天盼著那些小幸運的發生，而是該要為自己「能選擇」這樣的大幸運，感到滿滿的感恩。

我能成為現在的自己，有多麼幸運

今年的十二月第一週對我而言是很混亂的，很多的事情處理不好，但也在嘗試著讓自己能好好地面對每一件事，回到家，坐在書桌前打著字，我回想起我擁有的這一切，書店的刮刮樂儘管刮中了 iPHONE 6s，我想我也不會擁有此刻這樣的心情吧——我能成為現在的自己，有多麼幸運。

漸漸地我明白了，每一天每一天自己的樣子，其實都乘載了太多人的選擇與被選擇，都背負了太多人的悲歡離合，生命裡最精緻的緣分是看見了自己與世界的關係吧，某一個巷口，某一個路燈下，某一個街角，人與人陌生地連動著，於是組成了更多的選擇與被選擇，簇擁了更多的悲歡離合。

而這一些，萬般複雜的思緒與現實，凝結在這一分這一秒的這一刻裡，讓我有這樣的機會，寫進文字裡，就是我最純粹、最大最大的幸運了。

有時候我並不喜歡特別逼迫自己正面地去思考，我喜歡貼著心想事情、想自己，因為我知道只有書寫最真實的自己，我才能安穩地在文字裡活著。不過最近總覺得很高興，忍不住地感謝。很久沒有像這樣靜靜地坐在書桌前好好地寫長長的文字了，雖然亂無章序地說了好多東西，但好滿足，好開心。

如果我們的真實，大笑也好，大哭也罷，能飽滿每一個當下，也許這樣就夠了吧。

以前學著解決
自己與他人，
現在學著解決
自己與自己。

最好的讚美

我覺得妳這樣很棒，真的。
我突然覺得被安慰了，
也突然明白
真正的安慰原來是被理解。

二〇一五年二月十七日，今天見了一個特別的朋友。

在故事貿易公司創立之前，我先寫了她的故事，關於一朵送給自己的海芋，然後，故事貿易公司的想法就在她告訴我她感動的哭了之後，開始萌芽。我們不常見面，但一見面總是能聊很多不一定會與身邊的朋友聊的事情，那像是對話，也像是討論，更像是釐清自己。

這一次，她說她想要考電影研究所，於是我們見面了。

「為什麼想念電影？」我問。

「其實這念頭已經埋藏在心裡有一段時間了，只是一開始沒有那麼強烈。」她說。

是這樣的吧，有些事情當下看到聽到後，往往不以為意，可它會在心裡變成一顆顆的種子，或像是念頭，沒有其他人啊外力啊去挑起，它就像是永遠不會發芽那樣地毫無存在感，但當有人提起或不小心觸碰了相關的事件，種子便會像是已經深耕了多年的注定，驅使我們為接下來的生活做有別於以往的決定（或是更堅定以往的決定）。

這也許像是，我們在認識一個人的時候，會自動把他在自己的人生裡做簡單的歸類，這沒有好與壞，因為每個人的歸類依據與標準都不同，然後，當我們需要那一類的能量與元素時，就會想起他，而幸運的是，他也一樣。但那不是需要的時候才找對方，而是我們知道，啊，他就是適合陪我去逛街，而他就是適合陪我去山谷裡發呆的人，只是屬性不同，但在生命裡從來不是過客，而是遠遠的存在，從不失聯。我和她，大概就是這樣的朋友。

有些事情當下往往不以為意，可它會在心裡變成一顆顆的種子。

期待妳會成為什麼樣的人

我們認識很久很久了，她很優秀，總是笑得淺淺的，卻誠心真切，那年她的分數可以上政大中文系，但因為未來工作取向，家人反對，她於是分發上了北大的行政系。大學四年，我們曾一起去放風箏，也一起去看過海，我們從聊著張曼娟的《鴛鴦紋身》，到聊起自己的作品，然後聊起未來，聊我們相信與不相信的事。

「不要輕易地去評斷一個人或一件事的對錯，更不要隱藏立場。」我說。

「我其實不太相信中立這件事。」然後她說：「這不是為了表現一個人多有想法，而是不想去討好任何人。」

我們相識一笑。關於立場，我們不盡然相同，我幾乎是完全的感性，而她是矛盾的任性與理性兼具的女人，可看著她的眼睛，我才發現，在我們漸漸懂得小心卻毫無粉飾地去表達自己的想法時，我們學會的不是中立，而是包容。

她跟我說了很多未來她想做的事，而我也正面臨了延畢的思考中，我想這也是自己近一兩個月來低潮的根源吧。很多人會說，那是浪費時間，也很多人說那是重要的覺醒時刻，要美化一件事情或一個人，就和批評一樣，實在太容易了，難的是不自卑不自傲地去反省與描摹自己。我看著她，她只是笑著對我說，我覺得妳這樣很棒，真的。我突然覺得被安慰了，也突然明白真正的安慰原來是被理解。

「妳漸漸變成了一個我覺得很迷人的人，」我說：「我一直覺得，我聽過最好的讚美，是有人跟我說『我很期待妳會成為一個什麼樣的人』，今天我想把這句話送給妳，因為我是真心的期待，我好想看妳以後會是什麼樣子，一定比現在迷人許多。」

她笑得很開心，卻泛起淚光。因為我們都知道這句話的意思是——我和妳一樣相信著妳所相信的。我專心地看著她，我在她身上看見了只有她才擁有的魅力，不去定義什麼是夢想，卻腳踏實地為自己喜歡的事努力的眼光，是別人偷不來也搶不走的。

「我並不覺得人一定要有夢想，或是一定要找一個目標。確實是，擁有目標的人生會簡單很多，因為只要想著達標。但沒有目標的人生，卻擁有無限可能，只要我們在能選擇的範圍裡，勇敢去選擇，那就夠了吧。」她說。我點了點頭。

有些人
在生命裡
從來不是過客，
而是
遠遠的存在。

回家的路上，我再次把今晚的對話想了一次，也許我們都是這樣的人，相信擁有一個夢想，生活會因此變得美麗，但也相信沒有夢想的生活，還有很多其他選擇，也許我們選擇的並不是相信有或沒有夢想，而是選擇去嘗試過自己想過的生活。然後，用這樣的讚美去讚美自己，比任何人都期待自己未來的樣子，讓現在的我們都因為篤定而踏實。

沒有目標的人生，卻擁有無限可能，
只要我們在能選擇的範圍裡，勇敢去選擇。

小美

我把自己
想成什麼樣子的人，
不是為了去忖度
在你心裡我長什麼樣子。

小美有一頭蓬鬆的紅棕色自然捲髮，臉蛋上有一些小雀斑，那讓她看起來永遠像是個小孩子。她總說，那是屬於我的芝麻，我因為這樣所以絕對是一個很有味道的人。的確，小美有她自己的味道。不過那通常只有她自己品嘗。

「幹嘛，我把自己想成什麼樣子的人，不是為了去忖度在你心裡我長什麼樣子。」她通常會這麼說，然後自然地翻一個非常適合她的白眼。

「如果妳把自己想的太好，那就是一種自欺了。」曾經有人這麼抨擊她，她不以為意。她並不是真的不在乎，只是要哭也一定是躲在被子裡哭，但不至於哭得不成人樣。

小美的媽媽每次看到她把自己窩在被子裡，總是用力地先敲三下門，然後落下這句話：「要嘛，哭天搶地，讓全世界都知道妳受了委屈，要嘛咬緊牙，笑得瘋癲，讓全世界都知道妳的委屈委屈不了妳。」然後，再翻一個非常適合小美媽媽的白眼，逕自離開，留下一張便箋。

「為妳真正在乎的事情大哭，不要為這種小事掉淚。」媽媽的筆跡其實是凌亂而不那麼美麗的，卻總是寫進小美心裡。原來動人的從來不是迷人的眼睛或嘴唇，而是簡單地被理解被緩緩安慰。

想像的意義

早餐的時候，媽媽為小美煎了兩顆漂亮的半熟太陽蛋，還有一杯熱牛奶。小美拿起叉子，把蛋黃戳破：「媽媽，那什麼是大事？」

要嘛咬緊牙，
讓全世界都知道
妳的委屈
委屈不了妳。

「妳能為自己選擇並且要為自己負責的事叫大事，那些別人嘴裡關於妳的他們無法掌控並且從不了解的事叫小事。」媽媽將烤吐司機跳出的土司裝上盤子，遞到小美面前：「小美，妳的蛋黃跟妳一樣太早哭了，試試看配吐司。」

「好。」小美剝了一小塊吐司，沾了沾破掉的蛋黃放進最裡，口齒不清的說：「我還是喜歡它原本的味道。」

「很好，至少妳試過了。」小美的媽媽用叉子戳破自己面前的那一顆半熟太陽蛋，剝了吐司，沾了沾蛋黃：「我也試過妳的吃法了，不過我和妳不一樣，我喜歡這樣。」

「對自己的想像其實就是這樣，妳可以把自己想像成任何一種人，重點是，妳得去試，然後去感受妳是不是喜歡這樣的自己。所以囉，記得，想像的意義不是在自欺，不是為了要去假裝自己多麼優雅美麗，而是去了解自己，對什麼有感覺，對什麼有反應，這些反應，反映在我們身上，於是我們可以去了解自己是什麼樣子的人。美好的反射，也會是美好的。」

「就像媽媽我是妳的反射一樣。」小美笑了笑，露出乾淨的上排牙齒。

「不，妳是妳自己想像的反射。」小美的媽媽摸了摸小美的頭，接著咬了一口吐司。

小美有一頭蓬鬆的紅棕色自然捲髮，臉蛋上有一些小雀斑，那讓她看起來永遠像是個小孩子。不過她已經慣性地將那些小雀斑想像成是芝麻，她總說，因為那些芝麻，所以她絕對是個很有味道的人。

「有些美麗通常是我們自己品嘗，不過這沒什麼關係，因為我們懂得欣賞自己。」

為妳真正在乎的事情大哭，不要為這種小事掉淚。

不下雨爺爺

很多人都以為，
雨傘是為了
要抵擋天空落下的雨，
其實雨傘是為了不讓別人
看見我們的世界也在下雨。

小美除了有一些雀斑以外，還有一雙遺傳自爺爺的小眼睛，她曾經很羨慕麥麥的大眼睛，但爺爺說，小眼睛是一件很幸福的事情，因為沒辦法一下子就把每一件事情看清楚、看仔細，而世界上的每一件事情，都不能只看一次，所以小眼睛可以慢慢看、慢慢體會、再慢慢想。就像是前年寒假小美去爺爺家時，爺爺說的話小美一直沒有搞懂一樣，她正在努力地慢慢思考。

曾經，我們的世界會下雨

小美的爺爺說，他的世界不會下雨。

「是從什麼時開始的呢？開始不會下雨的。」小美趴在爺爺的腿上。爺爺家的東西都很舊，但都有一種過時的好看。像是下田的靴子，咖啡色的鞋底還有一點點泥巴，從奶奶離開後，爺爺就不下田了，但靴子還是放在門口。爺爺家的桌子是木頭色的，還有生鏽的窗戶，跟褪色的地毯。大概是黃色、橘色系的樣子吧。

「從很久很久以前，從一開始，就不會下雨。」爺爺看著小美，他慣坐的正前方有一台老舊的黑色電視機。電視機也已經很久很久沒有開了。

「真的、真的從來從來沒有下過雨嗎？」小美又問。爺爺沒有說話。其實在小美的奶奶離開時，爺爺的世界曾經下過一場傾盆大雨，但這是全家人的祕密，因為沒有人看過爺爺下雨。有趣的是，那一次爺爺並沒有特別想隱瞞，但大家都不敢問，於是就變成秘密了。

有一些人，
無論擁有
或失去，
想起他來，
都會讓自己的
心窩熱熱的。

「其實是有的。」爺爺說這句話的時候，小小的眼睛笑起來已經瞇成一條線，看起來溫溫熱熱的，像是放了一會兒的熱牛奶一樣，溫度剛剛好。

「是發生了什麼事呢？」小美的奶奶離開那年，小美還很小很小，小美對奶奶幾乎是沒有印象的，爺爺也還不想這麼早就把他與奶奶的故事告訴小美。

「是世界上最悲傷的事。」雖然爺爺這麼說，但他依舊是笑著的。

因為有一些人，無論什麼時候，擁有或失去，想起他來，都會讓自己的心窩熱熱的。

於是爺爺補了一句：「也是世界上最幸福的事。」

「爺爺，那你喜歡淋雨嗎？媽媽說淋雨就會感冒。」小美轉了一圈像爺爺一樣的小眼睛。

「總是要感冒幾次，才會甘願去挑一把適合自己的傘啊。」爺爺把小美抱到自己的腿上：「很多人都以為，雨傘是為了要抵擋天空落下的雨，其實雨傘是為了不讓別人看見我們的世界也在下雨。如果我們的世界會下雨的話。」

你可以不懂寂寞，但不能不懂快樂

小美皺起可愛的眉頭，聽得若有所思。爺爺繼續說：「就像世界上的每一個人啊，都捱得住所有的低潮和寂寞，他們捱不住的，是沒有人在乎這些感受。」

「所以，這裡橘色又黃色的樣子，就是太陽的中心，不會下雨，會下雨的時候，雨還沒到這裡，就會先被蒸發了。我在想，如果是這樣的話，那會不會我就是自己快樂的中心呢，我不是不寂寞，而是寂寞的時候，感受還沒到這裡，就會先不見了。」

「爺爺，我聽不懂。」好像一下子有太多太多的話了，小美誠實地跟爺爺說。

「沒關係，無論何時，若妳開始用起『寂寞』這兩個自形容自己，歡迎妳來找爺爺。」小美以為爺爺會說，希望妳永遠都不會懂，這類的話。在長大的路上，已經有太多太多的人這麼跟她說。她不明白為什麼，真的應該不要懂嗎。

「那……爺爺，我可以問最後一個問題嗎？」小美看向門上掛的那把黃色雨傘。

「當然。」

總是要
感冒幾次，
才會甘願去
挑一把適合自己
的傘啊。

「如果你的世界不會下雨，為什麼你的門上總是掛有一把傘呢？」

「小美，長大以後，妳可以不懂寂寞，但不能不懂快樂。」爺爺又補了一句，然後摸了摸小美的頭：「所以妳也要有一把傘，保護自己的太陽。」爺爺沒有說出口，那與下雨無關。他相信小美有一天能明白的。

「要喝熱牛奶嗎？」爺爺把小美抱起來，讓自己能起身。

「要！」小美大聲地說，一邊迅速地舉起右手。

就像是自信地呼喊著：「我是小美！」一樣。

備註：將近一年前，寫了一篇小美跟小美的媽媽的對話，一年後，不知道怎麼著，又想起了小美，於是寫了一篇小美跟小美的爺爺的對話。小美，這兩個字對我而言不是一個名字，而是一個詞，那代表了我們身上任何一種美好的可能，所以任何一個人，都可能是小美，也所以小美才會叫做小美呢。

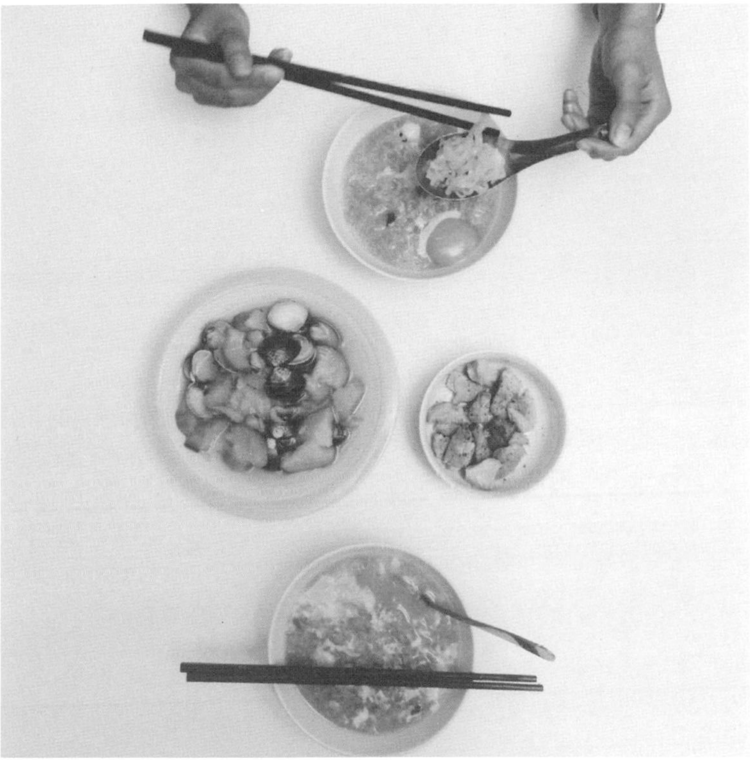

世界上最悲傷的事，也是世界上最幸福的事。

龜兔不賽跑以後

烏龜說跟兔子說，我們不要賽跑了好不好，冬天要來了，妳會冷，我的殼讓妳躲。

兔子說，不可以，我注定了要跑一輩子，無論是哪個季節，我都要不斷地跑，你不和我比賽，我自己一個人會繼續跑。

烏龜又說，沒有妳，我們就不是童話了。兔子理所當然地說，我們本來就不是童話，我們是在生活，生活不會因為天冷天熱，變得更容易或更困難，生活和四季無關。

無論是哪個季節，
我都要不斷地跑，
你不和我比賽，
我自己一個人會繼續跑。

「也許我們不一定會牽著手一起走下去，但會一直走下去。」

我們本來就不是童話，
我們是在生活，生活和四季無關。

交易

「在每一個選擇背後，其實都有一個強大的力量在推動我們下決定。」這是他第三百八十二次抵達魔王住的洞窟，這句話也是他說的第三百八十二次。

「你從來沒有告訴過我到底是什麼樣的力量。」魔王說。

「就像你明明可以殺掉我，但你從來沒有殺掉我。」他說。他是百姓們公認的勇者。

「你也明明可以殺掉我，但你也從來沒有這麼做。」魔王繼續說，一邊看向他掛在

我也不喜歡你。
但我想，也許，
我很需要你。

門上的那把銳利的劍。

「為什麼呢。」他說。

「是啊，為什麼呢。」魔王也說了一次。

魔王的洞窟很大，有一張不規則的桌子，上面披著不規則的鹿皮，他說，這是他在等勇者來陪他說話的時候，一個人去獵的鹿，啊，還有柴火旁的兔子皮，他不懂得如何清洗，所以上面的血漬已經漸漸氧化，變成黑色的斑點。斑點，魔王說，他喜歡斑點，就像鹿身上白色的斑點一樣。

「你也從不因為我穿了斑點的獸衣而把我殺了。」他說。

「我喜歡斑點啊。」魔王說。

「但你不喜歡我啊。」他說：「因為我的存在，讓你在所有的百姓面前成了罪人。」

「那你喜歡我嗎？」魔王問：「因為我的存在，讓你在所有的百姓面前成了勇者。」

「我不喜歡你。」他說：「我討厭打架，我甚至討厭斑點。還好我們現在只需要好好地說說話。」

「我也不喜歡你。」魔王低下頭：「但我想，也許，我很需要你。」

無論
有幾種角色，
都是一樣的吧，
都需要
更強的心臟。

他抬起頭看了魔王一眼，眼眶漸漸泛起淚水。

「我想，也許，我也很需要你。」他說。

魔王瞪大眼睛，但仍沒有把頭抬起來，然後悄悄地又垂下了眼眸，沒有看見他泛淚的眼睛，沒有說話。

「我想我得走了。」他見魔王沒什麼反應，便準備站起身。魔王倒給他的花果茶還熱得燙手，他只喝了一口：「跟往常一樣，我不能待太久。人們會起疑的。」他說。

「嗯，人們會起疑的。」魔王重複了一次他的話。

「這一次要選哪裡呢？」他問。

「我最近學會了膝蓋的接骨術，選腳吧。」魔王說。

他點了點頭，魔王起身拿起自己的劍，用力地朝他的左膝蓋刺去，他低吼了一聲，然後，魔王不疾不徐地拿出繃帶和藥草，開始幫他包紮。

「我們還要這樣相互殘殺多久呢？」他看著魔王，淡淡地說。

「很久很久吧。」魔王很認真地替他包紮。

「我有好多次，都想在這個時候把你殺了。」他說：「現在的你，手裡只有藥草，沒有刀劍。」

「嗯。就像我有好多次，都想在這個時候把你殺了，現在的你，手裡甚至沒有藥草，只有一雙無法站穩的雙腳。」

「我們永遠需要彼此，對吧。」他說。

「我們永遠需要彼此。」魔王說。只要人們的生活不順遂，需要一個可以怪罪、責罵的對象，只要人們的世界不完美，需要一個英雄，我們就會需要彼此。魔王沒有說出這些話，這些勇者也明白的話。

這一次的「相約」裡，他們兩個再也沒有說話，只是沉默著。然後勇者拄著魔王洞窟裡的長條乾柴，一跛一跛地離開。他們都沒有哭，畢竟這已經是第三百二十……無所謂是第幾次，總之是無數無數次，他們需要這樣，在人們複雜的生活裡，需要著彼此。或是，他們需要被人們需要，謾罵也好，害怕也罷；崇拜也好，期待也罷。

「歡迎歸來！」百姓大聲歡呼：「他是我們的勇者！我們的希望！」

我們都曾這樣，
把自己打扮的
最好看，
卻再也
開心不起來。

「但我還是失敗了。」他拄著魔王洞窟裡的乾柴，臉色有些黯淡。

「沒關係！你是我們之中最勇敢的人了！下一次一定會成功把魔王殺死的！」

也許我是最懦弱的人呢。他苦笑，沒有把這句話說出來。他走過人群，歡呼聲此起彼落，好像他打了一場勝仗。卻是輸給自己的懦弱。他的心裡喃喃著好多的句子，我需要被你們需要的感覺，我和魔王都需要。也許我們都沒有你們想像的可怕和勇敢，我們比你們平凡。也許……

他想起他每次跟魔王見面時說的第一句話，他相信他們都是清楚的，那個所謂的強大的力量，就是需要被需要，就是需要看見自己存在的意義吧。

「每一個選擇背後，其實都有一個強大的力量在推動我們下決定。」

我們真的有那麼卑微嗎，或是，需要被需要就是卑微的嗎，我們只不過是想要感受到自己存在的重量，只是剛好，我們成了人們眼裡的那些，一定要存在的人們。

人們眼裡口裡的必要存在的我們，或是我們心裡所想的必要存在的他們，是為什麼要存在呢。

魔王今晚又是一個人入睡，他每一晚都是一個人入睡，每一晚都在倒數勇者下次來的日子，每一晚，都在想著這樣的問題，然後每一晚，都在期待明天就能出現答案，但每一個明天，都依然存著問題之外的問題，卻找不到答案之外的答案。

「我會需要我自己嗎？」我要從哪裡知道自己需要自己呢。

晚安。魔王輕輕地對著自己說，或不是對自己說。他看著月亮，溫柔地睡著了。

他始終都是個溫柔的人啊。

（他們總是只說少少的話，因為他們不能說太多話，不能說太久，不然百姓們是會起疑心的。存在若被懷疑著，那會令人很不安的。）

備註：在捷運上看著黃色書刊畫的漫畫，突然就有了一些想法，忍不住打下了這篇，可能有關可能無關的，我胡亂想像的故事。會不會其實我們在追逐的生活裡，就是不斷地在與別人交換存在感呢。

生活不是
沒有出口，
雖然站在此刻
看到的盡頭
沒有光亮。

課題

我們要練習
用另外一種眼光看他們，
還有看自己。

我始終相信每個人都有自己的課題，有時候關乎心底的掛念，有時候關乎根本不屬於自己的悲傷卻受影響的自己。我突然想到前幾天聽到的一個故事。

有很多的小靈魂坐在天國的長桌邊，大天使請祂們畫出自己下輩子想要的樣子和想要學會的課題，祂們將會變成下輩子彼此遇見的人們。每個人都把自己寫的很完美，希望自己可以完美應對所有的課題。但是有一個小靈魂只寫了兩個字：寬容。

大天使看了看祂寫的字，再看了看祂身邊的小靈魂寫的東西，淡淡的說：「祢身邊的人都那麼完美，祢不需要學會寬容啊，祢要不要換一些其他的課題。」

想要學會寬容的小靈魂很難過，祂看向周圍的人，沒有人出聲，沒有人想要改變自己的想像和設定。突然，坐在祂前面的另一個小靈魂開口了，祂說：「我願意幫助祢。」想要學會寬容的小靈魂眼睛裡一下子就燃起了光亮，祂興奮地回應祂：「好呀，祢要怎麼幫助我呢？」

「下輩子我會成為祢最討厭的那種人，來到祢身邊。」願意幫助祂的小靈魂這麼說：「我會想盡辦法讓祢學會寬容的。」

「可是這樣子祢就是壞人了耶。」想學會寬容的小靈魂對於祂的說法有些不安。

「不一定啊，我只是成為祢討厭的人，我們會討厭的人，又不一定都是壞人。」願意幫助祂的小靈魂笑了笑，祂的笑容很溫暖、很溫暖。

「為什麼祢願意幫助我呢？」想學會寬容的小靈魂先是感到放心，但又忍不住追問。

如果我們
做不了星星，
那就做一盞燈，
溫熱世界裡的
其中一個角落。

「因為我們可以一起進步呀。」說完後，祂們緊緊地擁抱了彼此。

我們都是彼此的光

跟我說這個故事的女生，告訴我這是一個小靈魂跟小太陽的故事，我問她，那小太陽呢，小太陽在哪裡。

「小太陽就是那個願意幫助小靈魂學會寬容的那個小靈魂呀。其實如果我們都明白了，那些令我們感到不舒服的人和事，都是為了要來幫助我們學會某些課題，我們就會發現，其實我們都是彼此的光。那些人並不會偷走我們身上的能量，而是我們要練習用另外一種眼光看他們，還有看自己。」

我突然很喜歡很喜歡這個故事，有些事情真的很難、很現實，有些事情真的很複雜、很繁瑣，有時候會不喜歡自己知道太多，因為要顧慮更多；但有時候又慶幸自己知道的夠多，才更能去嘗試各種辦法，不要讓自己在乎的人受傷和難受。雖然往往這些事情，最後都沒有答案，只有我們用什麼樣的態度和方式面對。

但，那還是很難很難啊。可是好像也只能繼續走、繼續想，繼續生活了。好想知道自己還是小靈魂的時候寫了什麼，可是看一看身邊遇到的人們，好像又漸漸清楚自己當時寫了些什麼了。

我們都會盡量活的好像什麼都不缺，
那樣看起來好像才是活的好好的。

不完美的一天

不要輕易去原諒
自己生活裡的一切不順遂，
原諒自己放棄了今天，
原諒自己相信還有明天。

陳日一如往常地在睡前反省自己的一天，那好像充滿意義，卻又像是空洞生活裡的最後掙扎，讓所有的無濟於事看起來不那麼慘淡。

陳日有很多夢想，他想當老師，雖然很多人說這個職業要泡沫化了，他還是想。夢想在每一個時代裡，好像承載著不同的重量與期待，但在他心裡，那就只是很單純的夢想而已，如果可以不要感受到社會的變遷與汰換，如果可以放肆地去相信時代的改變改變不了社會結構……他不想要他的夢想被淘汰。

「這個世界不管變得如何，都一定需要老師的。」陳日總是這麼說。

他希望自己很久很久以後再去發現，原來需要和缺乏是兩回事。可惜用夢想包裹著現實，就像用紙包住火，生活最後總會因此被燙得疼痛殆盡——他成為了一個普通的上班族。

你是不是在做夢想中的事呢

陳日是這樣過日子的，充滿朝氣地起床，帶點懶散的出門，向樓下的阿姨買了早餐，上捷運，進公司，時而認真時而偷懶地工作一整天，下班，回家。

他偶爾看看路上的行人，想像別人的表情是為何而來，跟朋友吵架了嗎，還是剛談了一場戀愛呢。陳日也常常用衣著想像別人的工作與故事，他是個有錢人嗎，她在職場很得心應手吧，他是不是在做他夢想中的事呢，她正在為自己的夢想努力嗎。啊，夢想，每每想到這裡，陳日總會想起來，他也有夢想啊。

沒有任何一個人
可以完整
我的散落，
除了我自己。

於是，陳日總是在回家後，擬定很多的讀書計劃，列了很多書單，決定要開始補習，要當一個不一樣的人，要為自己的夢想努力一次，對了，也順便來減減肥。他通常一邊熱血沸騰地想著，一邊打掃家裡，好像一切都是新的了，一切都有希望了。

接著陳日會打開電腦，與朋友聊聊天，逛逛論壇，在失落的文章後面回覆一些充滿企盼的留言，他想著，嗯，所有的計劃明天就開始執行吧，想起來真是無比激動。然後一晃眼，兩三個小時就過去了。他看了看時鐘，想著再不睡，明天上班要遲到了。凌晨一點，陳日刷刷牙，洗把臉，上床入睡。

隔天，陳日不小心睡過頭，他覺得今天一切都不對勁了。計劃明天再開始吧。要達到目標一定要每一天都踏實地非常完美。

於是陳日過了跟昨天一模一樣的一天，噢，不對，他今天多吃了炸雞。減肥也是計劃的一部份啊，既然計劃明天就要開始了，今天讓自己奢侈最後一次一點也不為過。

永遠充滿企盼，卻永遠走不到企盼的風景裡

就這樣，陳日每天總有一些小小的意外的狀況讓他覺得今天不夠完美，無法執行他完美的計劃，讓他成為一個完美的人；就這樣，陳日每天的生活幾乎都一模一樣，永遠充滿企盼，卻永遠走不到企盼的風景裡。

就這樣，陳日從剛進公司時開始想要改變，卻當了快十年的上班族。

「你太容易原諒自己了，但事實是每天都無法預測，生活裡不存在完美的一天，大大小小的狀況都可能會發生，可是你要因此對自己說，那就明天再開始吧，這樣嗎？如果是的話，那麼你就永遠到不了明天，因為明天永遠是明天的事。我們寧可不完美的前進，也不要完美地停在原地。

所謂進步，不是一次就達到自己設定的所有目標，而是每一次都比上一次多完成了一個選項、多超過了一點預計的進度，那才是進步。不要當一個太容易原諒自己的人，不是不能原諒自己，是不要輕易去原諒生活裡的一切不順遂，原諒自己放棄了今天，

原諒自己相信還有明天。你如果決定選擇失去不夠好的今天，那麼就等於選擇失去你所期待的你想要的明天；你如果原諒自己今天對夢想鬆懈，那麼就沒有資格在老年的時候跟自己說對不起。

勇敢地去過，每一個不完美的一天，那才是生活，那就是生活。生活會累積夢想，但夢想不會決定生活，你看你這些日子就知道了，只有面對夢想的態度會決定生活。好嗎，勇敢地去過，每個不完美的一天。」

寧可不完美的前進，也不要完美地停在原地。

老朋友

就算心裡的溫暖
養不活一個人，
她們也都知道，
自己仍需要這些溫暖
去面對更現實的明天。

願望小姐和遠方小姐是多年的老朋友，很多年很多年，多到遠方小姐常常懶得去數，只是用很多年帶過。今年，她們都要開始找工作了。為生活，為自己。

入秋前依舊帶點悶熱的下午四點十五分。

「妳今天要去哪裡？」願望小姐問。

「我要去鬧區坐著。」遠方小姐說。
「為什麼？」願望小姐又問。
「我要等一些事情。」遠方小姐又說。
「等什麼？」願望小姐再問。
「妳可以來找我。如果妳想的話。」遠方小姐再說。
「我不會去的，那好無聊。」願望小姐掛上電話。

天色有點昏暗的傍晚六點十七分。

「妳來了。」遠方小姐遠遠就看見願望小姐的身影。
「我來了。」願望小姐遠遠就看見遠方小姐的身影。
「我知道妳會來。」遠方小姐說。
「妳怎麼知道。」願望小姐說。好像是問句，又好像不是。
遠方小姐沒有答話。
十分鐘過去了。

我有一個
很大的夢想，
好像太大了，
大到我的能力
撐不起它。

「我好迷惘。」遠方小姐看著天空。

這次換願望小姐沒有答話。

「我有一個很大的夢想，可是好像太大了，大到我的能力撐不起它。」

「是那一個嗎，很久很久以前，我認識妳的時候妳總掛在嘴邊的。」

「是。」遠方小姐說。

「我沒有什麼夢想，心裡有點荒涼。不過我去面試了一個高薪的工作。」

「妳不想要當設計師了嗎？很久很久以前，我認識妳的時候妳總掛在嘴邊的。」

「是。」願望小姐說。

然後她們兩個一起沒有說話。

我們已經長大了，也該要長大了

「我想妳是知道的，給一個人心裡再多的溫暖都養不活他。」遠方小姐眼神空洞地看著願望小姐，這些話她是懂的，只是還需要再掙扎一會兒。不過有這樣的時間嗎？

「我們已經長大了，也該要長大了。」願望小姐伸出右手，拍了拍遠方小姐的肩膀繼續說：「設計師……到底是什麼？現在買房比較重要。」

為什麼以前覺得對我們很重要的事情，現在好像都不那麼重要了。

遠方小姐皺著眉頭，沒有問出口。

是不是因為更重要的，是現實。

「當妳有夢想，妳卻沒有能力去實現它，那麼在現實裡，夢想就會變成妳的負擔。」

願望小姐看著遠方小姐，她其實一點也不想傷害她，又或是否定她的任何一個夢想，她們是很多年很多年，很多年的老朋友了。

有些人覺得沒有夢想不知道該做什麼很困擾，有些人覺得有夢想不知道該怎麼做很困擾，所以到底是找到一個願意讓自己奮不顧身的目標困難，還是奮不顧身地達成目標比較困難？

長大是需要用放棄夢想來證明的嗎？還是我們也許能一邊長大，一邊完成夢想。

她是懂的，只是還需要時間再掙扎一會兒。不過有這樣的時間嗎？

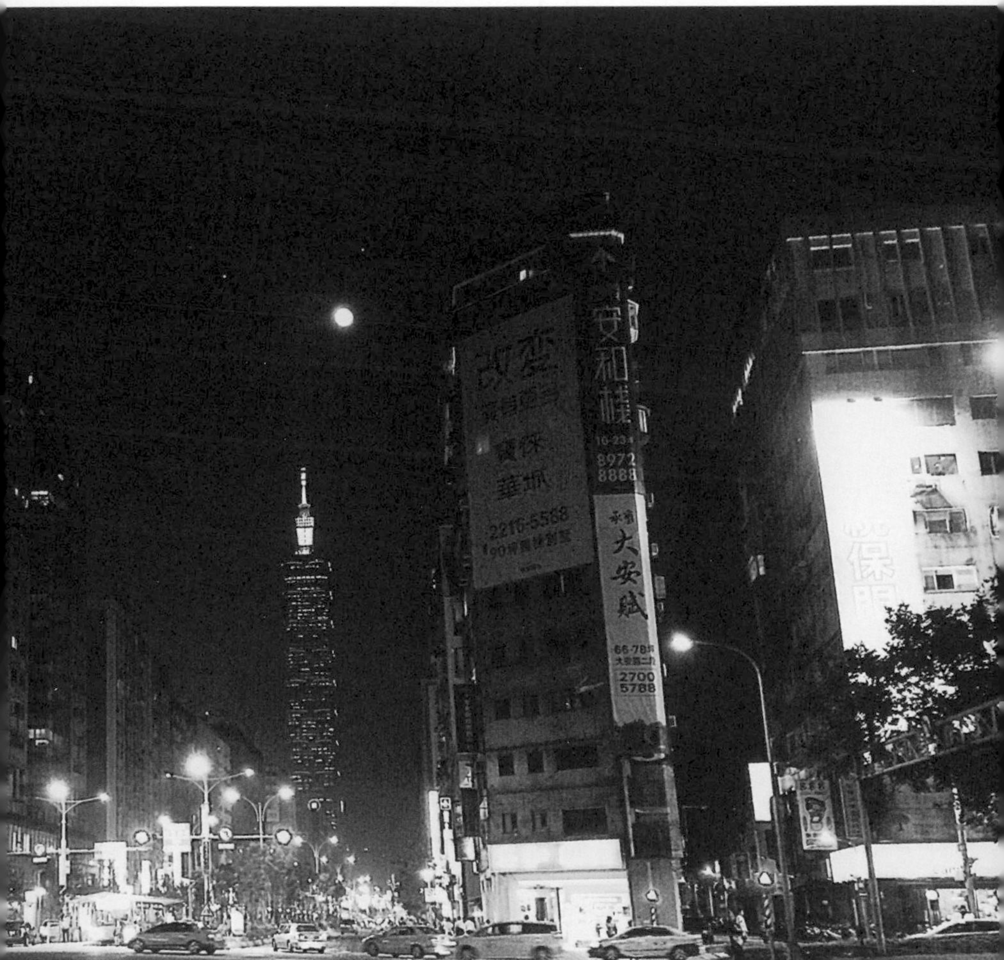

安和
8972
8888
2216-5588
大安賦
66-78
2700
5788

我可以坐在這裡
陪妳許一百個願望，
但妳得想辦法，
自己走到妳想要的遠方。

現實倒過來，就是實現

「妳還要坐在這裡嗎？」願望小姐問。

「我還要坐在這裡。」遠方小姐說。

「妳到底在等什麼？」願望小姐又問。

「我要等我想清楚。」遠方小姐又說。

「有些事情是想不清楚的。」願望小姐接著說：「但我還是希望妳想清楚。」

「嗯。」遠方小姐點點頭。

「妳渴嗎？」願望小姐問。

「渴。可以幫我買水嗎？」遠方小姐說。

「好。」願望小姐轉身離開。

天色已黑的晚上七點三十二分，願望小姐遞給遠方小姐一瓶水。

「謝謝妳。」遠方小姐接過水。

「還有，這個。」願望小姐看了遠方小姐一眼，從背後拿出一個鮪魚口味的御飯糰。

「怎麼會買這個？」遠方小姐瞪大眼。
「怕妳肚子餓啊。」願望小姐說，理所當然地。
「謝謝妳。」遠方小姐說。
「我得走了。」願望小姐又說。
「妳得走了。」遠方小姐又說。
然後她們沒有表情地道別。

有人說人因夢想而偉大，可是有夢想的人太多，真的實現的人卻太少，所以人之所以偉大是不是因為實現夢想的過程是很艱難但很勇敢的。是嗎。是吧。
仔細看看，現實倒過來，就是實現。

只是在夢想與現實之間，有時候我們會不知道該選擇什麼，有時候甚至會想，真的一定要做選擇嗎，夢想可以滿足心靈，卻餵不飽肚子，該怎麼辦。在尋找解答的路上，遠方小姐卻先發現，如此關切她的心靈與肚子的，總是那個很多年很多年，很多年的老朋友。

當妳沒有能力
去實現夢想，
那麼在現實裡，
夢想就會變成
妳的負擔。

儘管她們爭執過，願望小姐也從來不會計較，因為就算心裡的溫暖養不活一個人，她們也都知道，自己依舊需要這些溫暖去面對更現實的明天。

「我可以坐在這裡陪妳許一百個願望，但妳得想辦法，自己走到妳想要的遠方。」遠方小姐低頭看著手機跳出的訊息，繼續坐在鬧區裡等。

願望小姐和遠方小姐是多年的老朋友了，很多年很多年，多到遠方小姐常常懶得去數，只是用很多年帶過。

我們也許能一邊長大，一邊完成夢想。

長大以後

「怎麼每次看到妳都笑笑的，什麼事這麼開心？」
「沒有啊，就只是沒有不開心的事情而已。」
以前沒有男朋友、沒有經濟壓力、不懂社會現實、不懂挫折失敗。
「怎麼每次看到妳都悶悶的，感覺很累，怎麼了嗎？」
「沒有啊，就只是沒有遇到開心的事而已。」

誰扛著長大後的複雜能不疲憊，
可是，其實我們也用失去的，
換得了很多其他的美好。

長大以後，什麼都有了，就是沒了單純。誰扛著長大後的複雜能不疲憊，可是，其實我們也用失去的，換得了很多其他的美好。

所以，是這樣的吧，我們盡可能讓自己保持單純，但要學會複雜的思考。因為長大以後，複雜是為了保護自己，單純是為了善待別人。

長大以後，
若我們花太多時間哭，就沒有時間笑了。

我願意放棄的大好人生

認清自己的能力
而甘願放下貪心，
卻不放棄累積，
也許比大好人生，
更值得追尋。

他說，他很貪心，什麼都想要。

他想要一個懂他的女朋友、一段穩定的感情，想要一個稱頭的工作、一個快速起飛的事業，想要幾個向著真心而不是利益、能彼此交流的朋友。他每一個想要的，幾乎都得到了不錯的開始，他卻不快樂。

我很納悶，我問他，怎麼會呢，怎麼會不快樂。

「我每天只有二十四個小時，時間完全不夠用，要顧博士班的課業、要顧女朋友、還要顧工作，每天睡不到三、四個小時，時間還是不夠。女朋友是遠距離，很沒安全感、常吵架，工作又才剛開始，還不穩定。我好像擁有了很多，可是事情一直來一直來，永遠處理不完啊。」

「你想放手任何一個嗎？」我問。

「如果我知道我會這麼忙，也許我就不會交女朋友了，或是我就不會去參加那個大型的專案比賽，我以為我可以撐起來。但好像不行。可是我任何一個都不想放手。」

「你太貪心了。」我說。

「我是貪心啊，但誰不貪心，有一個又美又有腦的女朋友、有剛要起飛的團隊、有好看的學歷。我知道每個成果都會累積，讓我突飛猛進，所以我都不想放掉。」

我深深吸了一口氣，覺得頭皮發麻。

如果你見識過
自己的貪婪，
那麼希望你
由衷地
感到畏懼。

我沒有問出口，你怕不怕，最後什麼都沒有。如果這樣的生活讓你和自己最單純的對話時間都被埋沒，如果你失衡了，你怕不怕自己什麼也留不住。或是，好不容易留住了，卻各個都是得過且過，終究過不成你想像中的生活。我沒有問他，你怕不怕。

因為我也曾經什麼都想要，卻什麼都做不好。而當時的我什麼都不怕。

「你有想像過半年後的自己嗎？」我問。

「我沒有時間想這麼遠的事。我只能把手邊一直來的事情處理完。但我知道，這半年，要是我熬過了，不是大好就是大壞。」

「嗯。」我只是輕輕地點點頭，沒有再回話。

我不知道他所相信的是不是真的，我不知道是不是真的只有大好和大壞那麼極端的兩種結果，我不知道放棄某一個的遺憾會比較深，還是落得一場空不得不認命的結果比較讓人甘心。我很困惑，我們所要追求的，真的是大好的人生嗎，如果不是大好，成了大壞，我們就會沮喪地承認自己能力不足嗎，或是最糟糕的，把失去怪罪於他人。

當然，我知道他不會這麼想的。但我還是困惑著。

因為不是最好的，所以願意不斷反省

我想起前陣子去台南的謝宅時，謝宅的老闆小五哥與我們分享的求月老籤的故事。

他說，很多人以為拜月老要求得上上籤才是最好的姻緣，但經過他悉心的調查和整理，他發現拿到中上籤的人多數過得比求得上上籤的人幸福。因為擁有所謂的最好的愛情，不一定會同時擁有最好的工作、最好的朋友和最好的生活。反而是擁有比好再更好一點的情人，會容易擁有好再更好一點的工作、生活和朋友。因為不是最好，所以兩個人都願意不斷地反省，於是牽著手的兩個人就慢慢的、一點一點地一起進步了，而在各個面向裡，都因為不是最好，使得彼此都平衡地一直向前邁進。

小五哥說，那樣平衡的狀態，其實是最幸福的。

來自別人的
精采生活
就永遠是
為別人而活。

不要一次把所有渴望一網打盡

躺在一個人的單人床上，我把這些話再想了一次，重覆聽著曲婉婷版本的〈生命有一種絕對〉，突然覺得，確實啊，每個都想要是貪心，想要的都得是最好的也是貪心，可是我們真的有那麼大的心和能力去擁有嗎？

我突然想起他曾說過的：「妳選擇跟我分手，就要去承受這樣的結果，我選擇跟妳分手，我也會去承受現在的處境。既然這是我們的選擇，就算接受不了，也得去承受。除非我們改變選擇。但我們只能改變自己的選擇，無法改變別人的。」我不知道學會失去的能力算不算為自己的選擇負責，我只知道他的那席話，就像回到當初，一切都還沒開始的時候，那麼冷靜、那麼理智，那麼令人難受，我卻連一句話都反駁不了。

而此刻，打著這些對話，我好像漸漸放輕了自己的執著，我指的不是放寬對自己的標準，而是我想要我的貪心（是的，他說對了，誰不貪心，我也是貪心的），不是放在追求大好人生，不要一次把所有的渴望一網打盡。

就像是，我不想要寂寞，但我明白此刻的自己還沒有能力去愛人，所以不會投入任何一段感情；就像是我想要更快達成自己的目標，也許出國留學、也許買一間自己的房子、也許四處旅行、也許擁有自己的事業，但我知道此刻的自己還沒有能力飛那麼高、跑那麼遠，所以甘心靜靜地、慢慢地、不疾不徐地累積。

認清自己的能力而甘願放下貪心，卻不放棄累積，不放棄盼望遠方但更努力收藏此刻的風景，也許比大好人生，更值得追尋。

不知道〈生命有一種絕對〉播放第幾次了，但我猜五月天寫這首歌的時候，其實是明白生命並不絕對的吧。絕對的是我們偶爾握在手裡看似愚昧的偏執。

會不會我們都得偏執幾回，才能明白最好的人生，從來不存在，只有更好、更好的，而何謂更好，從自己的偏執裡定義，於是追尋的最篤定，於是實踐的最安心。

於是，選擇像是一種無需對他人解釋的任性，但為選擇負責則是一輩子都要為自己練習的能力。

過不去的
總與他人無關，
而是自己
心口那一關。

偏執

對錯如果是一種偏執，
那不願意去定義對錯，
是不是也是一種偏執。

不知道我們容許自己一生去妥協多少事，是不是多的連自己都不敢相信，當我們無法負荷複雜的時候，是不是就會妥協於複雜了。好難受。因為沒有對錯，所以更難受。

我開始害怕沒有對錯的人生，嚷嚷著對錯如果是一種偏執，那不願意去定義對錯是不是也是一種偏執呢。

不知道歲月在我們身上累積的，是足以面對更多、更大的失去的勇氣，還是害怕失去的更小心翼翼。

只願每一個帶著失去的長大，都有長長的收穫在遠方碰頭。

「天空是會坍塌的。但你得知道，若你不怕，就壓不死你。」

天空是會坍塌的，
但你知道，若你不怕，
就壓不死你。

還好小姐

她說，她是一個還好小姐。

「就是對任何事情都覺得還好。別人問我想吃什麼，我覺得還好，別人問我對這個人有什麼看法，我覺得還好，別人問這趟旅程我有沒有什麼意見或想去什麼景點，我覺得還好。一切對我而言，都還好。」

妳會感受到最真實的幸福，
如同感受到最真實的痛苦。
這沒有不好啊，
讓妳明白自己真真實實地活著。

怎麼會呢，我問。

「因為，我怕我在那些人身上和那些團體裡投入太多的自己，離開的時候會捨不得。我不喜歡那種捨不得的感覺。」所以她沒有想要涉入，沒有想要真心地去參與任何一場相遇。

捨不得，就是一種情感的滯留吧，我們的離開像是帶走了歲月，帶走了昨天，卻帶不走曾經在某個人身上扎實感應的情緒，於是在轉身的那一刻充滿不捨。可是這樣的感受真的會帶來不好的生活嗎。

「所以妳現在都怎麼生活？」我喝了一口無糖去冰的伯爵紅茶，靜靜地看著她。

她有點靦腆地笑了笑：「別人的邀約我會去，但我不敢跟別人深聊，也不太敢加入團體，因為，好像，只要有開始就會有結束。那如果我都這樣，把這些東西都排拒在外面，就不會有開始也不會有結束了。」

「但是妳知道嗎，最可怕的是，起先妳是有意識地排拒，後來那會變成一個反射動作，這會將妳變成一個沒有顏色也沒有形狀的人。就是妳說的，一個還好小姐。」

有時候
體貼別人，
就是虧待自己。
但這樣的虧待，
恰恰能檢視自己
生活的態度。

她緩緩地點了點頭：「對……我好像漸漸變成這樣了。」

「哇，」我輕輕地驚嘆一聲：「妳喜歡這樣的自己嗎？」

如果是很久以前，我會說，哇，這樣是不可以的。我會用自己看世界的角度去評判別人，應該或不應該如何如何，但後來我發現這是行不通的，我的想法會一直改變，而我憑什麼用這些不斷改變的想法去定義一個人的某一個片刻。

於是現在，我只會問對方，是不是喜歡這樣的自己，是不是滿意這樣的自己。如果她滿意她喜歡，在她不傷天害理的前提下，我沒有理由要把自己的觀點套在她身上。

「不喜歡，因為我覺得好像漸漸對很多事情都沒有感覺了。可是我不知道該怎麼辦。」她皺著眉繼續說。

「要成為一個敢把心拿出來的人。」我說。

她依舊看著我，我輕輕地看向她：「當妳把心拿出來，妳會離這個世界很近，妳會發現妳感受得到這個世界，別人對妳的讚美或批評，還有妳對人對事的喜好厭惡、悸動和感動。我們身為人，有著一顆心，不拿出來就枉費了它撲通撲通的跳動了啊。」

雖然這樣的抽象描述其實不太抽象，但我知道她是聽得懂的。

「但我不想要受傷，不想要捨不得。」她也喝了一口她的無糖伯爵紅茶。

「沒有人想要受傷的，但這就是把心拿出來要承擔的風險，妳會感受到最真實的幸福，如同妳可能會感受到最真實的痛苦。這沒有不好啊，妳就是個真真實實的人，這些感受會讓妳明白自己真真實實的活著。」

「好難喔。」她嘆了一口氣：「如果受過傷，如果明知道失去這麼難受，為什麼還要勇敢地去擁有呢？」

「勇敢地擁有不是為了防備失去或抵禦失去，勇敢地擁有與失去無關，就只是讓自己真實地去感受什麼是擁有，如此而已。那樣的感受無比美好，不要因為任何一種害怕而放棄。」說這些話的時候，我也好像在鼓勵自己。

愛的寬容在於
理解欺騙，
所以願意
相信謊言。

那些害怕再愛的時刻，那些害怕再相信的夜晚，其實都只是過程，如果明白這一次別離的不捨是因為幸福大於傷害，如果明白這一次失去的體悟和成長遠遠大於想像，那麼以後我還是要再認真又瘋狂地去愛一場，才不枉費了這些眼淚和收獲。

「希望我們在每一刻裡都認真地去喜歡和討厭，在快樂的時候儘管笑得大聲，在疼痛的時候不要忍，不要因為害怕任何一種可能的到來而把自己的心收起來，我們不要也不該成為一位還好先生或還好小姐，世界這麼大，還有多少的人和事等著我們去發現和體驗，什麼都還好，太可惜了。」

我對她笑了笑，她說，好，我會試試看的。一定要試啊，我拍拍她的肩，一定要試的。試過之後，妳會看見自己的顏色和形狀，然後，妳會開始學著調整，讓自己變成自己喜歡的樣子。她看著我，我告訴她，我並不是第一次失去就能夠這麼想，而是在明白失去其實給了我意想不到的成長，而我不想浪費這些成長，所以才會希望自己的下一次、下下次，每一場相遇都要用真心去體會。

她在走進捷運站的時候又回頭了一次，謝謝妳，她說。不要謝我啦，我說，我很高興能與妳有這樣的對話。

有很多的長大和體悟，並不是憑空冒出來的，而是在與別人的對話中，發現其實生活裡的細節藏滿智慧，等著我們去意識和發現。

「謝謝我們都在失去後勇敢地練習著勇敢。」

如果遇見了
難免的失落，
調整腳步，
而不是
調整初衷。

關於疏離

他終於了解這個世界上沒有任何一個人可以聽他鉅細靡遺地說完任何一個故事。

他終於了解在人生這樣的路上，每個人都是旅人，只有自己是田地，插秧或荒蕪，烈日或風霜，每一個綠油油看似相同的夏季，只有自己知道差異。

他終於了解，學著自己承受敏感帶來的一切痛楚有多麼重要，終於了解越是深沉的鬱悶越多數時候在別人眼裡只是輕描淡寫的瘀青，因為情感裡不是只有感性或理性，

你要珍惜自己，珍惜別人，
珍惜遇見和離別。
然後你會發現，
原來疏離的反面，就是珍惜。

不是只有幼稚或成熟，還有太多彼此之間的牽連，太多失去和得到的記憶，所以怎麼可能用一句話或一篇幾百字幾千字的文章就能完好地、透徹地把任何一個故事說完。

有人說越長大越孤單，也許正是因為我們認識了更多的人，卻無法擁有更久遠的重疊，走過千秋萬歲才發現，所有的收穫者都是自己，所有悲歡離合都只能向自己投訴，所有的感受其實都是自己的，沒有人能把細節點點滴滴明白。

就好像我們都漸漸地，與這個世界疏離了。這是多麼寂寞而真實的事。

「儘管如此，我們還是要認真地活著吧，也許失去的反面是得到，而疏離的反面卻可能不是緊密，但我相信可以讓我們感到富足的絕對不是只有能不能完整地跟誰說一個自己的故事，一定還有其他的方式。比如在時間長長的河流裡的每一個短短當下，我們都溫溫熱熱地珍惜著，那也算是飽滿生命的一種形式啊。所以不一定要有人懂完全的你，可是你要珍惜自己，珍惜別人，珍惜遇見和離別。然後你會發現，原來疏離的反面，就是珍惜。」

他說這些話的時候，像是一個失去一切的老人，卻擁有一生的澎湃。

學著自己承受，
敏感帶來的
一切痛楚
有多麼重要。

兩個口袋

一個人的眼睛
就是一個世界，
於是每一場對話
都值得被收進口袋收藏著。

今天與政大的幾位女孩見面，聊著要到政大演講的內容，還有一點點彼此。很喜歡這樣的感覺，覺得自己又開始了從與別人的對話中獲得能量的日子。

「妳是什麼時候開始變複雜的呢？」有一個名字很美的女孩問我。她笑得很靦腆，她說，這個問題會不會有點好笑。

「不會的，」我說：「我想先問，妳們覺得我複雜嗎？」只見她們一陣沉默。我突然覺得我的問題可能比較好笑。

然後留著短頭髮笑容開朗的女孩看了我一會兒後說話了：「看妳的文字時會覺得妳很複雜，可是看到妳本人，跟妳說話的時候，會覺得妳很單純。」

「嗯。」我點點頭，繼續回答她們問的第一個問題：「在我開始發現自己有想要保護的東西的時候吧。我想，很多人的複雜也許就是這麼開始的。當我們發現自己想要保護某些事、某些人的時候，我們會開始動腦筋、會開始感受到自己害怕失去的徬徨與不安。那就是我最初的、複雜的開始吧。而我當時極盡想變得複雜，是因為我想要保護我愛的人的單純。」

雖然後來我發現沒有人能保護任何人的單純，只有自己可以選擇是不是要保持著。

「其實我不知道，單純是好的還是壞的，又或是，複雜是好的還是壞的。我不知道我們到底該單純還是複雜。」帶著眼鏡，一開始總用「您」來稱呼我的女孩開口了。

不要在意
他們說話
的表情，
不要在意
風吹樹葉
的聲音。

我看了她們一會兒，又看了看天花板。「這是可以同時擁有的吧。」我說。

那就像是我們幫自己準備了兩個口袋，一個會隨著我們遇到的人、經歷的事而放進越來越多的東西，另外一個口袋則是保持淨空的。當我們在充斥著事物的口袋裡生活得累了，我們偶爾可以把自己放進另外一個口袋，就只是安安靜靜的，荒漫一段時光，這樣也許就夠了。但很多人往往在長大時只為自己準備一個口袋，於是當時間不斷地把人啊、事啊帶進來，直到壓得自己快要喘不過氣，才發現那個口袋裡，擠滿著這些事物，卻已經找不到自己的位置。

「所以，單純和複雜是可以同時擁有的吧，只是要看我們如何使用。」我笑了笑，看著她們。她們清澈的眼睛突然讓我覺得自己也許真的跟以前不一樣了。

學生，原來是學著生活

我想起以前自己寫的，學生學生，原來是學著生活，而生活包括了做自己和做人，看著她們，我忍不住說，我現在想補充一下，我發現原來做自己就是一種練習單純的過程，而做人則是一種練習複雜的過程，可是，不要忘記，複雜是為了保護自己，單純是為了善待別人。

把以前自己寫過的句子，結合用在今晚，回家的路上，覺得特別有力量。

記得很久以前一個朋友跟我說過，內向指的是對生活的力量來自與自己對話，而外向指的是來自與他人對話。以前我相信自己是內向的，因為很愛夜深人靜胡思亂想，現在我漸漸覺得，自己是同時內向也是外向的了。一個人的眼睛就是一個世界，於是每一場對話，都值得被收進口袋收藏著。

如果哪一天，我遇到了下一個我想愛的人，我要邀請他進到我那個空空的口袋，讓那裡單純的只有我們兩個，所有的位置，都是我們的了。這樣真好。

複雜是為了
保護自己，
單純是為了
善待別人。

關於自欺

我們在成長中學會
說對自己有利的話，
讓那些懂我們心裡的事實的人
悄悄一步一步遠離。

不能因為有人相信你的謊言，你就也一起堅信那是事實。

我們在成長中學會說對自己有利的話，自欺也欺人地去圓融別人眼裡自己的樣子，小心翼翼踩著黑溜溜的石子搭建友善的小橋，讓那些懂我們口裡的事實的人擁擠於身邊，而那些懂我們心裡的事實的人悄悄循著小橋一步一步遠離，不知不覺也無影無蹤。你儘管保護好會讓你坍塌的醜陋，盡管一次又一次催眠自己流連你嘴裡的都貨真價實，甚至當在愛前面，你已經忘了怎麼談愛，所以你也忘了真心和真心疏遠的捷徑便是由那些義正嚴詞的謊言一磚一瓦建築而成。

其實這感覺很遠很稀薄，就像快要好的感冒，喉嚨裡一點點痰，咳的時候不會痛，卻隱約著不舒服。

不要太依賴
自己的美好，
也不要太討厭
自己的醜陋。

幸福的時光

在最美好的地方仍有
避不開的現實，
在最現實的地方仍有
藏不住的美好。

「請問需要什麼呢？」

「我要一份雞排套餐。」

我點完烤魷魚後，排在我後面的男人馬上點了他要的雞排套餐，一邊掏著零錢。

「你怎麼會停在這裡？」突然，一個女人從我的前方往回走，看了男人一眼，女人的左手牽著一個高度及腰的小男孩。

「我想說買個東西吃，怕你們餓。」男人的語氣突然變有些心虛，卻又有種說不上來的義正嚴辭。

「你要停下來你要說啊，我們走那麼遠才發現你不見了。」女人邊說邊看了看攤販的招牌：「那就買魷魚，魷魚熱量比較低。」說著這些話的時候，女人的手仍牽著小男孩，我猜不到小男孩在想什麼，但我沒有看到他臉上露出任何的笑容。

男人聽完後沒有搭話。攤子裡的小販顯得有些尷尬。

「我要一份烤魷魚。」女人說完話後，男人把剛好掏出的錢遞給小販。

「還需要其他的嗎？」小販接過錢時，禮貌地問了問。

「不用，我就說我要一份烤魷魚，你就給我一份烤魷魚就好了啊！」男人的聲音有點激動和強烈，除了我以外，後面在排隊的人龍也有一部份抬起頭看了他一會兒。

幾分鐘後，我帶著我的烤魷魚，他也帶著他的烤魷魚，在上百坪甚至千坪的六福村裡，我們再也沒遇上。

不知道怎麼著，我看著他們離開的身影，覺得有些難過。他們為什麼會來遊樂園呢，

我們總要學會
為自己的
幸福負責，
當然，
還有悲傷。

為什麼男人不願意跟他的妻子說自己想吃雞排呢，為什麼女人在點餐前沒有想過先詢問她的先生呢，為什麼小男孩的臉上始終沒有笑容呢。還是，其實他們都有想過，只是因為某些我還無法體會和揣測的原因，又梗在喉嚨。

我突然想起了很多很多的故事，那些我從來無法一次說明白的故事。

這輩子會有幾次返老還童的時刻

如果我們與相愛的人，還不夠坦白成熟，我們能步入婚姻嗎，我們能擁有孩子嗎，我明白很多事情不能等準備好了才迎接，甚至是準備好了仍可能出現嚴重的差錯。我覺得我難過的不是有沒有準備好，而是他們是一家人，卻過得那麼單一孤獨，小的連簡單的決定，都不踏實（好吧也許他們不這麼認為自己，也許他們曾經是坦白成熟的，那麼是什麼讓他們走到今天的呢）。

看著小男孩面無表情的臉龐，是讓我最難過的，如果這是孩子的遊樂園，除了孩子笑的燦爛以外，大人應該更快樂才對——因為自己的孩子快樂，所以自己快樂；因為這裡難得讓自己有機會能再當一回孩子。

我記得他曾說，大人這輩子會有幾次返老還童的時刻，就是在與自己的孩子玩樂時。當時我們在基隆的望幽谷看著一個爸爸拉著風箏，一個小男孩在爸爸的身後跟著他跑。他說，妳看，那個爸爸可能很久沒有笑得這麼單純了，他為了把這個孩子養大，要去面對多少社會上的風雨。他說完後，我沒有答話，我們就這樣看著他們看到出神。

而今天的這對父母與孩子，沒有風箏、沒有草地、花幾千百塊，來到駱駝不自由、馬兒只能被牽著走、由諸多的憧憬堆疊成的樂園裡，卻仍拋不開那麼多的現實，我想我是相信的，無論環境的變換，我們仍有無法逃脫的現實——金錢、人際、家庭、工作，甚至是如這個女人一般的，僅是熱量就是她的現實。

可能，也許就是這樣的，在最美好的地方仍有避不開的現實，在最現實的地方仍有藏不住的美好。當我們越趨長大，承載了越來越多的不堪和祝福，明白了越來越多的醜陋和溫柔，我們要練習的不再只是與它們和平共處，更是要在當這些成為我們與他人連結的時候，更細心體貼地對待我們所愛、所想要、所決定珍惜的人。

為了把這個孩子養大，要去面對多少社會上的風雨。

默默地在與妹妹們唱歌的時光裡完成了這個故事，我用不純熟的唱腔唱了一首〈幸福的時光〉。妹妹說，今天去遊樂園，她好開心好開心，就像這幾天整理家裡時找到的國小二年級聯絡本裡的生活花絮，她每天的結尾都是「我今天好開心」的那樣，那麼開心。

其實我是很想哭的，因為我在妹妹他們身上看見了所謂幸福的時光，並不完全是單純的一無所知而快樂，而是明白這世界的荒蕪，仍鼓譟著心跳去相信、去感受、去百分之百在某一個允許自己單純的時刻裡，放肆地因為害怕而尖叫、因為開心而大笑，不計任何的形象，讓幸福的時光延續到複雜的現實生活裡。

即使明白這世界的荒蕪，
仍鼓譟著心跳去相信、去感受。

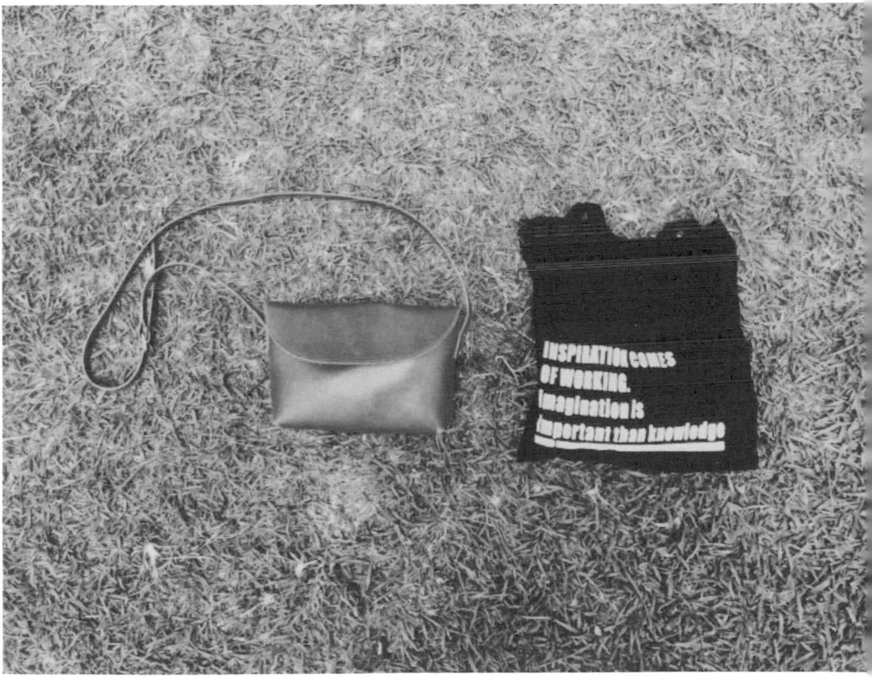

致正在勇敢突破與改變的他和他們

每一種心疼都無濟於事，
只能讓自己的努力
等比的成為能力。
這是和努力一樣重要的事。

「親愛的，我不知道過去的你是怎麼樣的人，但我知道現在的你真的很努力突破很多事情，我覺得，這是最難的，而你正在經歷，你願意並且勇敢地在經歷，這就是最珍貴的事了。感覺很像是蝴蝶從繭裡面掙脫的時候吧，一點點的微風都像在反駁他的蛻變，但蛻變永遠是自己的事，只有自己知道我們成長了多少。所以，加油。敏感的人很辛苦，但也很幸福的。」

每一種心疼都無濟於事，只能讓自己的努力等比地成為能力。這是和努力一樣重要的事。加油。別人的眼光有時候恰恰給了我們機會勇敢地檢視自己。

蛻變永遠是自己的事，
只有自己知道
我們成長了多少。

約定

我們很多年、很多年後，
再見。
願你已不是現在的你，
但不改現在的你。

幾個月前他曾問我，在我們走來的這些日子裡，這些低潮與難熬，是讓我們變得成熟，還是世故。

我想起了我給自己的期許——不需要當一個改變世界的人，但要成為一個不被世界改變的人。但常常，我又嚷嚷著我想變得更好、更真、更如何如何，而這樣的改變，不就是來自與世界碰撞、對話的結果嗎？

「成熟會不會指的是，我們承認自己會被環境改變，但我們沒有放棄意識和思考。而不是放任環境對我們的影響，就這樣毫無意識地生活下去。」

我看著他傳來的訊息，也許這樣的他，就是一種成熟了吧。

於是我這麼回應他。

「我知道你不會放棄，這麼多年了，你都沒有放棄、我也沒有放棄，才讓這麼美好的我們相遇。我喜歡我們有著一樣的頻率，很平凡，但因為彼此交流和對生活充滿意識而不平庸。」

要去意識那些改變

我漸漸明白，我們很難免會被環境改變的，所以重點是，我們要去意識那讓我們有好的改變或壞的改變（而也許好壞的評判是來自個人與世界對話的結果，但至少我們願意去對話了），只要對自己有意識，像是現在的你，我相信那都是成熟的。

每每聽見你的故事總是很心疼你，但我知道那讓你的心智與他人不同，那樣的不

不需要當一個
改變世界的人，
但要成為一個
不被世界
改變的人。

同，不是扭曲和偏激，而是你更加頻繁地思考、檢視、反省，於是成熟，於是進步。

你要相信，在變動或日復一日的生活裡，要相信自己的意義，不是構築在我們遇到的事情和世界之上，而是我們如何與世界對話、從世界裡吸收了什麼進入自己接著進行轉換然後反芻還給世界。

你要相信，不是因為一件事情有意義我們才要去做，比起這個，更重要的是如何讓我們做的事情對我們產生意義，這樣的話，我們對世界的態度就會變得很開朗，所有的事情都值得嘗試了。你要相信，我們不是被所謂意義綑綁的，會說話的啞巴，無法、不敢為自己發聲。

我們不需要太瀟灑，絕對要為離別大哭一場，但我們不能忘了要遼闊地去生活，才對得起生命的限制，才對得起自己每一次望向天荒地老的眼光。

「能不能答應我，妳不要放棄。我希望妳一直是這樣的妳。」他說。

「好，你也不要放棄。我也不要你放棄。」我說。

世界蘊含著龐大智慧

於是我們在道別的那一天，在再也看不見彼此的地方，打了勾勾，做了約定。他的飛機要起飛了，我總喜歡在他身邊看著飛機線，看好久好久，我每次都一定會說，我好難過啊，上面載的，不是離別，就是久別重逢。而這一次載的，卻是我們的分離。

旅程總是不間斷的精彩與不間斷的道別吧，而如果你要飛往的國度，充滿幸福，我會義無反顧地祝福。但你答應我了，勇敢承認世界對我們的改變，因為世界蘊含著比任何一個自我還要更龐大的智慧，只是我們是不是有能力去抓取與收藏，然後，不要放棄這樣的去生活。

別忘了你答應我了。

我們很多年、很多年後，再見。

一定要再見的。願你已不是現在的你，但不改現在的你。

再見。再見。

讓我們

做的事情，

對我們

產生意義。

CH3

以家為根

當我們老的只剩下彼此

「在生命裡，第一次是經歷，第二次是回憶，第三次則是忘記。」

我們之間，最多的相處便是沉默。
即使再也不需要完全地相互依賴，
但我們始終相愛。

翹翹板

翹翹板上的彼此
永遠都不會等值的，
可是有一邊永遠會
為了另一邊的快樂努力。

我不小心忘記帶家門鑰匙，在家裡附近的公園等待，看見了玩翹翹板的母女，女人拿著手機，女兒四處張望。

「馬麻！」

「……」

「馬麻妳不要看手機好不好？」

「嗯？」

「馬麻妳跟我說話，我們玩翹翹板，然後，說話，一起玩，要說話。」

我從手機影像中看見女人愣了愣，收起手機，然後我身後的女人沒有再拿出手機，在很多國高中生經過的路旁陪著女兒童言童語，國高中生冷眼看著他們，冷眼經過。

其實翹翹板上的彼此永遠都不會等值的，可是有一邊永遠會為了另一邊的快樂努力，這便是母親。儘管她知道有一天你也會像這些國高中生一樣漸漸和她變的陌生，不再要她和你一起玩翹翹板。

親愛的小妹妹，長大之後千萬要記得，她也會像妳現在一樣，希望妳能抬起頭，跟她說說話。

買了些東西，
值得的，
變成了未來，
不值得的，
變成了負債。

溫柔與暴力

女孩在操場找到她的鞋子，
她看了看上面的字，
然後把它穿上，
沒有眼淚，也沒有說話。

同學在女孩的鞋跟寫了幾個字，女孩在操場找到她的鞋子，她看了看上面的字，然後把它穿上，沒有眼淚，也沒有說話。她一個人走到校門口，男子站在車旁邊等她。她快步走上前，牽上了男子大大的手掌。

只要載著女兒，男子的車速就會比平常慢。男子把女兒接回家，女兒在玄關將鞋子脫去，鞋頭朝外地放進鞋櫃。男子跟在後面，沒有注意女兒的鞋子。女兒深呼吸，再一次牽起男子的手。女子聽見腳步聲，走向門口，上前牽起女兒的手，女兒沒有鬆開男子的手，走在男子與女子中間，一點點笑容。她把女兒帶到餐桌邊，才鬆開女兒的手，替女兒卸下書包。晚餐後女兒在書房裡寫作業，男子在客廳看電視。女子問男子今天的車況，男子含糊回答，接著她問女兒回家的路上有沒有特別說什麼，男子搖頭，於是她又問要送女兒什麼生日禮物，男子沒有說話。

她拿起抹布和清潔劑走到玄關，拿出女兒的鞋子，將鞋子後面的字擦拭乾淨。

隔天，男子一如往常地在女兒睡醒前輕輕地親吻女兒的額頭，女兒揉揉眼睛，咧嘴笑了笑，眼睛瞇成彎彎的月亮。男子問女兒想要什麼生日禮物，女兒搖搖頭。女兒牽起男子的手，走到餐桌邊，將兩碗稀飯中的其中一碗推到男子面前，拉著男子坐下，然後走到浴室，拿起矮了一截的小隻牙刷，擠上草莓口味的牙膏。女子從廚房走出來，問男子要不要給女兒買雙新鞋，男子搖搖頭，說沒必要吧，她的布鞋才剛買沒多久。

女子將荷包蛋放進男子碗裡，給了男子一千元。

給女兒買雙鞋吧，她說。

長大後，
只要你不說，
不會有人知道
你受過傷。

牧童遙指杏花村

是不是總要傾盆的眼淚，才能看見自己對一個人的不在乎有多在乎。怎麼以前能把委屈遞給他，現在他倒成了妳的委屈。

「紫色矮牽牛的花語，是斷情。」

清明時節，妳在小山坡的柵欄邊，第一次，沒有摘下妳傾心的花，因為妳發現，這一片綠葉裡，竟只有一朵牽牛。

他們的故事，
也是妳的故事；
始終是寫故事的人，
最明白角色的難捱。

那天的太陽很大，妳穿著有點髒的白色布鞋，妳突然想起來，他總會知道妳喜歡什麼款式的鞋，可是也無所謂了，這雙鞋是妳用自己存的錢買的，妳知道他再也不會給妳買鞋了。妳從山坡下往上看，他們滿頭是汗地在清掃墓園，妳趕緊跟過去，沒有說話，妳知道多早都算是遲到，因為妳從來不知道該如何主動問好。

他來的時候剛好要上香了，妳一直在想，這絕對不是剛好，而是一種無可奈何地逃脫，卻逃脫不了。他還是得來的，畢竟這土裡葬的是他的母親，妳的祖母。可他卻再也無法笑的自在，於是乾脆不笑了。妳猜想，是這樣的吧。

他是一個複雜又簡單的人，妳總喜歡這樣形容他，那讓妳無法恨他，卻又無法放心地去愛他。於是他的複雜與簡單，順理成章地成就了妳的矛盾，而所有的矛盾，似乎都允許沉默，於是妳們之間，最多的相處便是沉默。

「這給妳帶一包回去。」祖父遞給妳一大包桑葚，妳接過手。妳接過手，露出他們口中妳的招牌笑容。妳以為這樣的笑容可以別過很多的不堪，可以泯過他們的恩怨，可是妳忘了，他們的故事，也是妳的故事，於是他們的轟轟烈烈，成了妳的跌跌撞撞。

你們之間，
最多的相處
便是沉默。

妳始終說不出口：我想留下來吃一頓飯。

「走吧。」他說。他不願見的，妳不會去免強，因為妳知道他的難處。也許有時候不是難處，而是愛面子過了頭，於是所有的誤會只能到了淺的看不見顏色，還始終隱隱發痛。

妳跟著他的腳步，打開黑色的鐵門，突然明白，在他身上沒有所謂的雲淡風輕，因為每一件往事都讓他沉重地難以負荷——好像他從來沒有做對選擇。

妳埋怨過很多次，他們的分離，妳也原諒過很多次，他們的虧欠。就算這是虧欠，也無須償還，因為妳從不想追究。他和她在妳十九歲的時候簽了字，離了婚。那是一個妳正猶豫要不要相信愛情的年紀，妳早已經放下奮不顧身投奔的癡傻與青春。

任何一個人，都無法明白妳的失去

今年的妳剛滿二十五歲，已經哭到不想哭了，也傾訴到不想再傾訴。因為任何一個人，都無法明白妳所失去的，對妳而言是多麼珍貴的日常。他們總說，妳會再次擁有妳所想要的，跟不同的人，在不同的地方，妳會擁有的，妳值得擁有。然後妳才一次又一次確認，妳始終活的矛盾得令自己作噁，妳叨念著的失去，其實早已經不想要了。因為失去太難承受，於是眼淚可以名正言順地由不得妳選擇，於是妳清楚自己的低潮與煎熬，不該由任何人替妳分擔，因為始終是寫故事的人，最明白角色的難捱。

「我知道這是一份斷不了的情，儘管摘下千百朵牽牛，在記憶的墳前求饒的泣不成聲，他始終是我的源頭，好的壞的，都映著他的影子。」妳不想知道自己是鼓起了多大的勇氣，才能這麼真實地說起這個故事。但越真實地把故事說完，心裡越是舒坦。

妳走下山的時候，把一顆顆小石頭踢下山坡，一顆滾走了換下一顆，毫不厭煩。妳想，如果眼淚也能這樣被成長逐出記憶之外，是不是就不會活得那麼辛苦，可是，揹著越來越重的故事，誰不辛苦。

有人說，哭一次，忘一次，可妳卻是，想起一次，哭一次。在妳心裡，眼淚與忘記無關，那只是一種情緒的釋放。

故事就是這樣，
說一百次，
有一百種版本，
一百種心情。

「這樣就會好一點了吧，故事就是這樣，說一百次，有一百種版本，一百種心情，每一種都是為了安慰自己，不管有沒有效，回憶本來就是一種人們與生俱來的療癒方式，有時候刺痛，有時候平靜，卻都悄悄的證明了我們存在過，讓我們眼淚有個地方可以去。」

妳在杏花村裡酌了一杯清水，妳說，好苦，可是好乾脆。這就是眼淚。

是不是總要傾盆的眼淚，
才能看見自己對一個人的不在乎有多在乎。

有效期限

他不明白，
為什麼感情沒有價位，
卻有著有效期限。

年初一，他回母親家打掃。父親和母親離婚兩年了，那年他十七歲，一知半解卻橫衝直撞的歲數。

母親有個櫃子，她說是存乾糧的，裡頭的東西都別丟，乾糧可以放很久。維力炸醬麵的炸醬一罐，牛頭牌沙茶醬兩罐，梅精一瓶，健康麵條四包，南瓜濃湯湯包一大盒，鬆餅麵粉一包，醋酸檸檬六包。

他坐在小板凳上一瓶一瓶檢查。

有效期限兩年，20120927；有效期限兩年，20120507；有效期限三年，20130714；有效期限一年，20110923；有效期限三年，20101125；有效期限兩年，20120315；有效期限五年；20131020。

啊，都過期了。一瓶一罐都留不下來。

五年前，這間房子裡住著四個人，兩大兩小。五年後，他不明白，為什麼感情沒有價位，卻有著有效期限。

啊，都過去了。一滴眼淚都流不下來。

你影響不了
世界的運轉，
就像世界
無法影響
你的真心。

最重要的小事

愛不會讓一個人
變得完美或崇高，
但是不完美的我們
總是竭盡所能地去愛去付出。

他很少看見他的母親哭，他的母親是一個很美麗的女人，甚至可以說是她的堅韌，強化了她的美麗。

他說，今天是母親第一次覺得，父親老了。

「我哥要載我爸出去，她站在那裡看著這一幕，她說，她沒想到她的大兒子已經有了這樣成熟的樣子，看著我爸在後面跟上，她忍不住眼眶泛淚，他老了，真的老了。」

我們聊了很多關於父親的故事，有恩有怨，我們的感受幾乎要重疊。但這一次，我再也沒有高談那些對於父親的感恩與怨懟，他也沒有。

「欸，我終於發現了一件事，其實我們的父母，並不會因為為人父母就突然變得完美，應該說根本沒有一對父母是完美的，但我們很幸運，他們都很努力在愛我們。不完美的他們，愛著不完美的我們，因為不完美，所以難免彼此埋怨，但也因為有愛，所以得以彼此寬容。我突然覺得這是一件很感動的事，因為我們再也不是拿『我爸（媽）怎麼可以這樣，都已經是大人了，怎麼還會做這種事。』來要求父母符合我們心裡的期待，就像父母曾經或多或少也用他們的期待來要求我們。現在的我們，明白沒有誰應該要為誰變得完美的無懈可擊，因為我們都是人，其實我們都一樣啊。而父母很早很早就知道這件事了，所以他們盡可能地給我們最好的示範，最好的一切，希望我們成為最好的人，這就是父母。還好，還好，在我們突然發現他們老了的時候，我們也意識到自己又長大了一點，雖然只有一點點，但已經漸漸地開始彼此感謝。」

原來愛不會讓一個人變得完美或崇高，但是不完美的我們總是竭盡所能地去愛去付出。這是對於一個家，最重要的小事了吧。

有時候，
不是世界變了，
是我們的感受
不一樣了。

我們

我們終究是比父母單純，卻也比他們複雜了。

時代汰換著時代，我們能懂的很多，也很少，我們無法釐清他們是如何地變遷，有時候甚至也無法釐清自己的，於是緊密的血脈變成了一種抗衡時代傾斜的調劑，那讓我們得以透過父母的眼光銜接很久以前社會氛圍，也讓父母透過我們的眼光逐漸理解此刻的世代，是如何地變化與運作。

我們再也不需要
完全地相互依賴，
但我們始終相愛。

有人說，父母與孩子最疏離的那一刻，是孩子發現父母再也不是他的天，而父母也發現自己再也不是孩子的天了。我們再也不需要完全地相互依賴，但我們始終相愛。

是這樣的吧，當我們開始在彼此的眼睛裡看見比自己單純和比自己複雜的東西，表示我們正在成為與父母一樣的大人。

但自始至終，我們都存在在彼此那裡啊，愛也好恨也罷，我們都存在在彼此那裡。

（就像我下不了你曾彎腰踏過的水田，你上不了我好不容易來到的摩登大樓，都是你給的，同時也是我自己掙來的。我是你的，也不是你的。你是我的，也不是我的。我們就是我們啊，我們就是我們。）

我們都存在
在彼此那裡，
愛也好，
恨也罷。

父母與孩子最疏離的那一刻，
是孩子發現父母再也不是他的天，
而父母也發現自己再也不是孩子的天了。

母親的星期五

我們與父母，
都擁有自己獨立的人生，
不因為擁有彼此而受限，
反而因為彼此的存在更加勇敢。

久久回家一次，久到回家像是一趟小旅行。

母親很省，總是在星期五加油，因為星期五加油的點數加倍，集來的點數可以換一些家用品；她愛喝咖啡，總在星期五買好幾杯85度C的招牌咖啡，然後寄杯，每天上班順路去拿。

母親以前很念舊，父親留下來的東西，或是從她的青春裡帶來的信件，有時候我會覺得，我的念舊無關乎星座（人們都說巨蟹念舊啊），是來自母親吧。

我曾為此與她爭執好幾次，我不喜歡東西亂糟糟的，我喜歡的不只是乾淨的整齊，還要簡單的整齊，像是我的衣架全部是同個顏色同個樣式，衣服要摺成正方形，起床不摺被子會不舒服等等，說我有強迫症也好，但我心底明白這是來自父親。

帶著父母的影子，活得卻比他們複雜

這次回去，我很訝異，原本凌亂的客廳乾淨了也整齊了，雖然當我打開和室的門發現原來她只是把客廳的東西都移進去，我還是很高興，因為紙箱是一個個疊好的。我相信她也在改變著，在父親離開以後，在我們激烈爭執以後，她也在學習，成為一個獨立的女人。

很多人說，看父母現在的樣子，就是我們以後的樣子，我是相信，也不相信的。因為我們除了父母以外，還會與世界磨擦，而父母除了原有生活以外，也會與我們碰撞。

我們習慣
把自己看得
太偉大，
再把自己看得
太渺小。

雖然漸漸的，有越來越多時候，我們發現父母再也不萬能了，甚至當我們感到困惑，第一個想到的不再是他們；有越來越多時候，會覺得自己承襲著他們的好壞，帶著這些影子卻活得比他們複雜。

然後再更久之後，我們才明白，這一點關係也沒有，這就是生命的有限傳遞與無限未知，我們與父母，都擁有自己獨立的人生，不因為擁有彼此而受限，反而因為彼此的存在更加勇敢。

父母像是畫布上的一個點，由我們散成自己選擇的經典。時而羈絆，時而陪伴。

我想所有的變遷母親都收在心底，丈夫忽遠忽近地離去，孩子慢慢長大卻眨眼間地疏離，接著母親發現人生是自己的，如果說旅行，是經歷那些讓我們有悸動的事，那麼母親一定是從很多地方回來的疲憊女人，她在自己的屋簷下休息了很長一段時間，然後開始整齊地、乾淨地收拾家裡，收拾記憶，雖然記憶永遠複雜地讓人耗費心神。

這一次回家，和以往很不一樣，雖然像是旅行，卻是帶著一直在進步在變動中的自己，我們也許正要往不同的地方去，可是每當回過頭，我們都在那裡。

母親一定也知道，我們都只是深愛對方的旅人，在這偌大的世界裡我們遇見了，一起生活了一些日子，然後帶著對方的溫暖繼續上路，這一路都勇敢了。

妹妹說她想喝藥燉排骨，於是母親買了七百塊的排骨，燉了一整鍋，幸運的我在巧合的星期五也一起參與了。回台北的路上，我覺得很平靜很幸福，這就是漫漫旅途中的家，和家人吧。

我乘載了
你的悲傷，
我們的步伐
才會重的成了
永遠
回不了家的人。

我們都只是深愛對方的旅人，
在這偌大的世界裡我們遇見了，
一起生活了一些日子，
然後帶著對方的溫暖繼續上路，
這一路都勇敢了。

國家圖書館出版品預行編目資料

把你的名字曬一曬 / 張西著 .
-- 臺北市：三采文化，
2016.05 面；　公分 . -- (愛寫；8)

ISBN 978-986-342-610-3(平裝)

855　　105005321

suncolor 三采文化集團

愛寫 08
把你的名字曬一曬

作者｜張西
攝影｜張西
副總編輯｜鄭微宣
資深編輯｜劉汝雯
封面設計｜徐珮綺
美術編輯｜陳采瑩
專案經理｜張育珊
行銷企劃｜劉哲均

發行人｜張輝明
總編輯｜曾雅青
發行所｜三采文化股份有限公司
地址｜台北市內湖區瑞光路 513 巷 33 號 8 樓
傳訊｜TEL:8797-1234　FAX:8797-1688
網址｜www.suncolor.com.tw
郵政劃撥｜帳號：14319060　戶名：三采文化股份有限公司
初版發行｜2016 年 5 月 6 日
19 刷｜2024 年 3 月 10 日
定價｜NT$330